つながりのつながりのつながり

神尾達之

論創社

類推によってものを伝えることは、有益で好ましいことと思われる。類推を用いた事例は、押しつけるわけでもなく、証明しようとするわけでもないからである。類推を用いた一つの事例は他の事例と結びつくことはなく、むしろそれと相対峙した関係にある。このように類推を用いた幾多の事例がたがいに結合して閉鎖的な系列をつくることはないので、結局類推は与えるというよりも、つねに励ましてくれる良い仲間のようなものである。（ゲーテ『箴言と省察』[1]）

想像力は伝染病です。（ホワイトヘッド『教育の目的』[2]）

狂気はどこにあるのだ、きみたちに接種されるべき狂気は？（ニーチェ『ツァラトゥストラ』[3]）

1　ゲーテ（高橋義人編訳、前田富士男訳）『自然と象徴―自然科学論集―』（冨山房百科文庫、1982）120頁。

2　ホワイトヘッド（森口兼二、橋口正夫訳）『教育の目的』（松籟社、1986）137頁。

3　ニーチェ（吉沢伝三郎訳）『ツァラトゥストラ』（ちくま学芸文庫、1993）上巻、25頁。

つながりのつながりのつながり ◉目次

凡例

一、翻訳文献の出典を表示するさいに、必要に応じて、丸括弧内に翻訳の出版年と原著の出版年を挙げた。翻訳の出版年／原著の出版年、のように表記した。

一、参考資料として挙げたサイトへの最終アクセス日は2022年2月6日である。

一、引用文中の［…］は中略をあらわす。

一、引用文中の「／」は、引用されたテクストにおける行替えを示している。

一、DVDを参照したさいには、おおよその時間を「00.38.29」のように表示した。

0. 1987年：針のしるし

1987年3月、のちにプリンスの最高傑作と評されることになるアルバム、"Sign ☮ the Times"が発売された。アルバムの冒頭に置かれたタイトルソングの最初の詩節は、1987年という「時代」のアメリカのみならず、この時代の世界の「しるし」を示唆している。

フランスで一人の痩せた男が
小さな名前の大きな病で死んだ
その男のガールフレンドがたまたま注射針を触ってしまった
まもなく彼女も同じ病で死んだ[1]

フランスで死んだ「痩せた男」の名も病名も挙げられていない。注射針に触れたことで死亡したのだから、この「病」はおそらく血液を経由する感染症だったのだろう。この曲の第2詩節には「クラック」という語が、第4詩節には「マリファナ」と、「ヘロイン」を暗示する隠語も登場する。「注射針」はドラッグの回し打ちに使われるものをさし、「小さな名前の大きな病気」はエイズだと推測できる。1985年10月にはロック・ハドソンがエイズで死んだ。このアルバムが発売された翌年の1988年には、エイズに罹患したことを公表したロバート・メイプルソープの「セルフ・ポートレート」

1 『プリンス サイン・オブ・ザ・タイムズ：スーパー・デラックス・エディション』(ワーナーミュージック・ジャパン、2020)。

が公開された。では、「痩せた男」とは誰だったのだろうか。エイズに罹患して「痩せた男」。しかもフランス人。特定はできない。ミシェル・フーコーが死んだのは、このアルバムが発表されるより前、１９８４年６月のことだった。フーコーがエイズで死んだという噂は当時の私の耳にもとどいたが、死因がエイズであるかどうかは私には判断できなかった。だが、１９８６年８月22日の“The Times”紙の“Letters to the Editor”には、フーコーがエイズで死んだと書かれた短い投書が掲載されている。プリンスがこの“The Times”という日刊新聞を読み、そこにさりげなくしるされていたフーコーの死を、“Sign ☮ the Times”として歌ったわけではないことは、ほぼ間違いないだろう。しかしプリンスの目ではないにしても、彼の耳にはその噂がとどいていた可能性はある。

この時代の「しるし」の一つがエイズであったことは、同じく１９８７年にフランスで発表された一篇の小説からも読みとることができる。ドミニック・フェルナンデス『除け者の栄光』では、出版の前年である１９８６年に亡くなったジャン・ジュネ、人気テレビ・ドラマ『ダイナスティ』でロック・ハドソンと共演したためにエイズ感染を疑われたリンダ・エヴァンス、そしてフーコーの名が、エイズとともに言及される。主人公ベルナールからすると、ジュネが執筆活動をやめたのは、「自分の反社会的な人間としての生き方が世間一般の月並みな生き方になっていることに気づいた」[2]からだ。そう考えるベルナールにとって、今となってはエイズで死ぬことこそ「除け者の栄光」で

2　ドミニック・フェルナンデス（榊原晃三訳）『除け者の栄光』（新潮社、１９８９）22頁。以下、引用文の直後の丸括弧内の数字は、このテクストの頁を示す。

ある。しかしベルナールがエイズに感染したのは、以前彼に輸血された血液が汚染されていたことが原因だった。同性との性行為ではない。それを知った恋人のマルクは、ベルナールが感染の真の原因を知らぬまま「除け者の栄光」を死ぬことができるように、致命的な液体が入った注射器の針を、ベルナールの腕に刺すべく、痩せ衰えたベルナールのかたわらに横たわる。小説は、マルクが自分の腕にも注射針を刺すことを暗示する一文で結ばれる。マルクは死後もまた二人が一つであることができるように、この儀式の時間を正確に測定する。午後一時だ。その時、ベルナールの「宮」[3][signe]である獅子座とマルクの「宮」である蟹座が「もっとも好ましい状態」になり、「二つの宮の結合」(200-202)が実現するはずだった。

サインであれシーニュであれ、注射針の先端の小さな点は、エイズの黒雲におおわれつつあった世界の「しるし」だ。『マタイによる福音書』第16章には、「邪悪で不義な時代は、しるしを求める」、としるされている。２０２２年現在の状況からふりかえってみれば、エイズの時代を「邪悪で不義な時代」と呼ぶのは、いささか大げさな気もしないではない。長いスパンでみれば、エイズは注射針の先端ほどの微細な徴候にすぎない。しかし徴候は、たとえ微細であっても、その表面積とは反比例するかのように、深いところに潜んでいるものを、さらにいえば、それとそれを見ている者との関係を間接的に指示してしまう。本書は、注射針を起点として、エイズが猛威をふるった１９８０年代

3 Fernandez, Dominique (1987), LA GLOIRE DU PARIA, Paris, Bernard Grasset, 247. "signe"は小説の前半部では、ベルナール自身によっても強調される(邦訳18－19頁、原著26－27頁)。

から、エイズに代わる新種の感染症が、恋人たちだけでなく世界を変えつつある2022年までを一つの「時代」とみなし、その「しるし」がさまざまに変異するプロセスを記述する。かすかな徴候は、言語化された思考や感情や感覚のレベルで抑圧されていたものの回帰とみなすことができる。それらの徴候が描く図柄を集めることで、時代のしるしを語り、最終章では、そのように語る私の記述のプロセスそのものを対象化し、それを時代のしるしへとさしもどしたい。

1．表象の転異

イメージの先行輸入

最小限の事実確認から始めよう。エイズの症例が世界で最初に報告されたのは1981年だった。日本の新聞がエイズに関する記事を掲載したのは1983年5月以降のことだったが、[1]当初は日本国内の症例報告ではなかった。日本における最初の症例は1985年に報告され、原因は男性同性間の性行為とされている。

新聞がエイズをとりあげたのは1983年の5月以降のことだったが、雑誌は少し遅れて、『週刊文春』の1983年6月30日号に掲載された、「日本のホモだちも笑いごとじゃなくなった――恐怖の伝染病（死亡率80%）エイズ日本上陸の「第一報」」、という記事が最初だ。同年9月の『薔薇族』には、編集長の伊藤文学による、「肉から愛の時代へ――AIDSを日本に入れないために」というタイトルのエッセイが掲載された。伊藤はそこで、「多くのゲイの不毛の行ない、愛を忘れた行ないから発せられたネガティヴな想念エネルギーがエイズを造り出したのではないでしょうか」[2]、と述べる。1983年以前にもエイズはすでに欧米諸国では男性同性愛者の間で拡がっている感染症とみなされていたので、エイズに関する情報がまずはゲイと結びつけられて受容されたのは、日本独自の展開ではない。

伊藤文学のエッセイが発表された翌月、1983年10月には、『月刊ペン』に浅田彰

1　『朝日新聞』1983年5月1日朝刊、「米で奇病流行　原因わからず」。『読売新聞』1983年5月15日朝刊、「死亡率40%、米で猛威の「AIDS」ガン・ウイルス関係説が有力」。『毎日新聞』1983年8月10日夕刊、「AIDS、西独に上陸し猛威―すでに10人死ぬ」。

2　『薔薇族』1983年9月号、43頁。

による「隠喩としてのＡＩＤＳ」というエッセイが掲載された。後にベストセラーとなる『構造と力』が出版されたのが9月10日なので、ほぼ同時期である。ちなみに、浅田と並んでニューアカデミズムを牽引した中沢新一の『チベットのモーツァルト』が出版されたのもこの年だ。いうまでもなく、浅田のエッセイのタイトルは、スーザン・ソンタグの『隠喩としての病い』をふまえている。[3] ただし浅田のこのエッセイはソンタグのテクストの応用編ではない。浅田は、ソンタグのテクストが、「病気をとらえるとき、医学的な事実よりも文化的・社会的な意味合いの方を重視するという刺激的な見方」に「尽きているとさえ言えるだろう」[4] と述べ、自身は、エイズに結核ともガンとも異なる意味を読み込む。浅田はエイズを「免疫機構の病」としてとらえ、それが、「内と外、〈自己〉と〈非自己〉の境界線上に発生し、それをグシャグシャに混乱させてしまう」(89) ことに着目する。この挑発的な表現が、エイズを血の経路から知の回路へとうつすトリガーの一つとなる。すでに述べたように、この時点では表向き、日本では患者数はまだゼロだ。浅田はそのエッセイを、「いま本当に面白いのは、文学の、そして思想のＡＩＤＳなのである」(90) という、オプティミスティックな言葉で結ぶことができた。

浅田は今引用したフレーズの直前で、柄谷行人の名前を挙げている。浅田のエッセイとほぼ同じ時期、柄谷もまた、「物語のエイズ」というエッセイのなかで、「哲学や文学

3　浅田がこのエッセイを書いた5年後の1988年に、ソンタグも『エイズとその隠喩』を発表する。邦訳は1990年に出版された。

4　『月刊ペン』1983年10月号、87－88頁。以下、引用文の直後の丸括弧内の数字は、このテクストの頁を示す。

や心理学にこういう免疫学の認識をつきつけたい」[5]、と宣言し、エイズのイメージを駆使し、小島信夫の『別れる理由』を癌に、中上健次の『地の果て 至上の時』をエイズにたとえる。柄谷のエッセイでも、エイズが免疫システムを崩壊するというメカニズムが、ポジティブに評価される。自己と非自己を峻別する免疫システムは、少なくとも隠喩のレベルでは悪なのだ。柄谷は中沢新一から聞いた、「病気をなおすためには、いわば病気を体中に拡散させてしまう」という「チベットの考え方」(233)を引き合いに出す。この「体中」の「体」は何かを比喩しているように思われる。しばし回り道をしたい。

柄谷はこの時点で、免疫学者の小林登による『〈私〉のトポグラフィー――自己－非自己の免疫学』に依拠していたにちがいない。この論考が朝日出版社から刊行されたのは1980年である。そこでは、先天的な「原発性免疫不全症候群」と後天的な「続発性免疫不全症候群」が区別されているが、「エイズ」という語はまだ登場していない。小林は慎重に、「〈自己〉、〈私〉、〈自我〉といった、いわば哲学的諸概念と免疫という生物学的なプロセスとの照応関係、いや生物学的概念と哲学のそれとのズレがあきらかになるかもしれない」[6]、と語る。1980年の小林の予感と1981年のエイズの最初の症例は、浅田と柄谷に、「哲学的諸概念と免疫という生物学的なプロセスとの照応関係」を前提にして思考することをうながしたと思われる。このことは、小林の本のタイトル

5 『群像』1983年9月号、231頁。以下、引用文の直後の丸括弧内の数字は、このテクストの頁を示す。

6 小林登『〈私〉のトポグラフィー――自己－非自己の免疫学』(朝日出版社、1980)20頁。

とその出版社名によっても示唆される。小林は同書の「あとがき」に、この本をまとめてくれた朝日出版社の中野幹隆に謝意を表している。中野幹隆は『現代思想』を創刊した編集者である。免疫という表象の、血から知への転異は、一人の編集者によって媒介された。

共同体の免疫不全化

身体を再び健康な状態にもどすために、「病気を体中に拡散させてしまう」という、医学的にみれば無謀きわまりない戦略は、言うまでもなく、なんらかのアナロジーにもとづいているはずだ。その「体」とはなにか、という問いに答えなければならない。柄谷はあのエッセイを発表した1年後の1984年、再び小林登と対談を行っている。舞台はやはり『現代思想』だ。

> 僕が免疫システムというものを、社会的なアナロジーとして考える時は、否定的な意味で考えているわけです。僕は、社会がバイオホロニクスのように調和のとれた均衡世界になるとは思いません。そういう調和は、いつも免疫システム、すなわち異物・異者の排除によるのではないか。[…] 僕はそういうものは自己免疫的に自

壊させたいわけです。破壊するのではなくてね。[7]

１９８７年に発売された『朝日ジャーナル』には、柄谷、村上陽一郎、渡辺雄二の鼎談が、「メタファーとしてのエイズ――人類の病におびえる単一民族国家の免疫系」というタイトルで掲載された。[8] 同性愛者や外国人を排除する「単一民族国家」である日本が批判される。どうやら「体」とは「単一民族国家」である日本をさしているらしい。

同じく１９８７年に発表された浅田彰、柄谷行人、畑中正一による「ＡＩＤＳの不条理」という鼎談において、浅田は、「このＡＩＤＳ現象が国家なり人種なりの純粋なアイデンティティを防衛し強化するための免疫システムを逆説的に活性化してしまった」[9]、と述べている。では、「異物・異者」を排除するシステムは、「自己免疫」を起こすことで「自壊」するのか、それとも逆に、強い自己防衛本能を発揮するのか。この問いにたいして、まさにこの時期、日本という国家における伝統的な知のシステムを代表する舞台で、一つの回答が与えられることになる。

１９８７年、東京大学教養学部の助教授としてほぼ内定していた中沢新一の人事をめぐって、学部内で対立が起こった。結果として、この人事は失敗し、数人の教官が辞任するという事件が起こった。いわゆる「東大駒場騒動」である。中沢は、『朝日ジャーナル』の１９８８年4月15日号に「渦中からの発言」として、「「現代」への免疫ができ

7　小林登、柄谷行人「自己免疫あるいは不均衡な世界」、『現代思想　特集＝免疫と自己組織化』１９８４年12月号、１５１頁。この対談の冒頭で、柄谷は、免疫学に興味をもったきっかけについて、「去年の夏からニューヨークに行ったんですが、その前からＡＩＤＳが騒がれていたからです」、と述べている。この「その前」については、「ホモ・セクシュアルの冥府への案内者」に導かれて１９７１年、79年、85年と三回、ニューヨークを訪問した高橋睦郎が報告している。高橋は、年を追うごとに「錯綜の度は増していて、体力的についていけなくなる自分を感じた」、と告白している。高橋睦郎「エイズの形象化」、『imago』１９９０年12月号、11頁。

8　村上陽一郎、柄谷行人、渡辺雄二「メタファーとしてのエイズ――人類の病におびえる単

ていなかったトーダイのセンセイたち」と題する文章を発表した。「免疫」は、東京大学教養学部という「体」のなかで起動した。

「抗体を形成せよ！」これが合言葉だった。／抗体の形成は、分子生物学的なすみやかさでおこなわれた。電話とうわさによって、彼らのあいだには、急速なスピードでネットワークが形成された。［…］このとき、東大駒場の大勢は、まさしくひとつの有機体（オルガニズム）として活動したのである。［…］むしろ、それはいつかはおこらなければならなかった、免疫学的な現象なのである。先生方の無意識が、危険を察知したのだ。じぶんたちをつくっているなにかが破壊されるかもしれない。［…］彼らの知的世界のベースをつくっている近代的エピステーメー（認識、知性）の構造のかなめの部分に、現代なるものが侵入をはたそうとしている。[10]

ルーマン風にいえば、既存の大学システムは、「近代的エピステーメー」のなかですでに承認された言説のコミュニケーションが繰り返されることで維持される。この大学システムの外部ではすでに、「現代」という環境が、つまり「現代」というエイズが猛威を振るっているのにもかかわらず、だ。中沢が「現代」と呼んでいるのは、フーコー、クリステヴァ、デリダが主導し、バタイユ、ニーチェ、アルトーが称揚される思潮の

―民族国家の免疫系」、『朝日ジャーナル』１９８７年２月13日号。

9　浅田彰、柄谷行人、畑中正一「ＡＩＤＳの不条理」、『現代思想　総特集＝ＡＩＤＳ　アイデンティティの病』１９８７年９月臨時増刊号、18頁。

10　中沢新一「渦中からの発言　「現代」への免疫ができていなかったトーダイのセンセイたち」、『朝日ジャーナル』１９８８年４月15日号、18－19頁。以下、引用文の直後の丸括弧内の数字は、このテクストの頁を示す。

ことである。中沢は、「ぼくはすでにエイリアンに対する抗体をみずから破壊している。恐れるな。それが現代だ」(20)という宣言で全文を結ぶ。柄谷は国家の既存の秩序を、中沢は大学の既存の秩序をターゲットとしながら、それらの共同体を壊乱する言説のなかに、組織の免疫システムを停止させるエイズのイメージを呼びこむ。▼11

跳びこえる隠喩

このように、エイズは思想の領域にスピンアウトしたとき、日本という国家であれ、そこに内属する大学であれ、既存の確固たる秩序が自己崩壊するイメージとなり、かつ、マイナスからプラスへと価値転換した。エイズのこのような価値転換は、エイズが免疫とは別の経路で思想の領域に入り込むときにも起こった。▼12

浅田彰は1987年におこなわれた島田雅彦との対談において、「〝隠喩《いんゆ》としてのAIDS〟は、最初、免疫の病いだから面白いというので一時盛り上がって、しかし実は外から来るウィルスだから面白くなかった(笑)、というので下火になっちゃったけれど、あれはレトロウィルス問題としてみると、大変面白いのではないか」▼13、と発言している。「(笑)」や「面白い」が示唆するのは、エイズが悲劇的な結末や差別を引き起こす忌まわしき病から、笑ったり面白がったりできる領域にも移っているということだ。この転

11　中沢はさらに、「左翼的知性」(20)も、旧来の19世紀的な知の枠組みから抜け出せないでいることを指摘する。だが、その「左翼的知性」もまた、浅田、柄谷、中沢らを批判するためにエイズを呼びだす。高橋敏夫は、「われわれは、エイズの不安の差別性を暴きながら、さらにエイズをメタファー化した〝不安〟にいたる、と述べ、「ポストモダン」とか「ニューアカデミズム」と呼ばれる同時代の思想家たちを批判する。高橋敏夫、柏木博『文化としてのエイズ――身体・メディア・権力』(亜紀書房、1987)7頁。

12　田中祐理子によれば、「AIDSという病気は、医科学的領域では大きく二つの主題へと、人々の関心を振り向ける効果を持った。すなわち生体の免疫機構と、ウイルスの主要な形成要素である核酸、つまりDNAと

異をうながしたのは、一つには免疫であり、もう一つは、ここで浅田が強調する「レトロウィルス問題」である。浅田は、ほぼ同じ時期に発表された三つのテクスト[14]において、同じレトロウィルス解釈を繰り返している。「AIDSの影の下で」と題されたエッセイから引用しよう。

してみると、種や個体の純粋なアイデンティティの根拠であったはずのDNAのなかには、実はすでにさまざまな他者が住みついていた、言いかえれば、聖書にはいろいろな異端のページがあらかじめ差しはさまれていたということになる。オリジナルは、実は横断的なインターテクスチュアリティのうちにあったのである。こうして見直していくと、DNA神学がレトロウイルスに代表される逆転写理論によって解体されてきた過程と、ロゴス中心主義がポスト構造主義によってディコンストラクトされてきた過程の見事な対応ぶりに驚かずにはいられないだろう。[15]

定義上それ以上時間をさかのぼることができないはずの起源が、起源以前の「インターテクスチュアリティ」を内包していることが、エイズの生成プロセスによってあばかれる。

それだけではない。エイズの「インターテクスチュアリティ」は後の時代に向けても

RNAという主題である」。田中祐里子「臨界・生成・われわれの知――「微細な生」が与えるものについて」、『現代思想総特集＝微生物の世界』2016年6月臨時増刊号、183頁。

13　浅田彰、島田雅彦『天使が通る』（新潮社、1988）134―135頁。

14　『天使が通る』に収められた「フーコー――悦ばしき回帰」と題された対談（1987年4月3日）。畑中正一との対談「遺伝子のインター・テクスチュアリティ」、『現代思想　総特集＝進化論への新しい視座』1987年6月号。「AIDSの影の下で」、『すばる』1987年9月号。

15　浅田彰「AIDSの影の下で」、『すばる』1987年9月号、196頁。浅田の「隠喩としてのエイズ」のタイトルはソ

起動する。エイズが誤読されたり拡大解釈されたりするのではなく、エイズが思考の境界線をすりぬけて別の領域に浸潤することによってだ。医学の言語は思想の言説に転成する。しかも、解放感と愉悦感をともなって。柄谷は、生物学者である畑中正一のレトロウイルスに関する発言にインスパイアーされて、「以上はレトロウイルスやＡＩＤＳに関して、僕が「面白い」というか、思考を刺戟されることがらです[16]」、と述べる。「ＡＩＤＳウィルスが、一つのメタファーとして、人間の頭をもっと使わせること、開放的に思考回路を働かせる一つのきっかけにはなるとは思いますね[17]」、と語る島田の「思考回路」は、すでに前年の１９８６年には「開放」されていた。島田は『文學界』に、エイズをモティーフとした『未確認尾行物体――Unidentified Shadowing Object』を発表していた。「思考回路」の「開放」とは、エイズをめぐる表象が、エイズ独自の病理を超えて、一つの構造として拡散するということだ。

　エイズが「生物学だけではなく、あらゆる領域で新たな思考を促しているように思います[18]」、という浅田の推測は事実となる。「あらゆる領域」でエイズをめぐる表象が、狭義のヒト免疫不全ウイルスではなく、広義のウイルスとして拡散し、さまざまな領域の安定した既存のシステムを機能不全に陥らせ、その領域を変成させることになるだろう。その展開をフォローする前に、エイズを論じる際に必ず参照されるソンタグの『エイズとその隠喩』を一瞥しておきたい。ここまで述べてきたエイズの価値転換と「思考」に

ンタグの「隠喩としての病」というタイトルを下敷きにしていたが、この「ＡＩＤＳの影の下で」というタイトルも、ソンタグのエッセイ集のタイトルである「土星の徴しの下に」をサブテクストとしているのかもしれない。

16　浅田彰、柄谷行人、畑中正一「ＡＩＤＳの不条理」、『現代思想　総特集＝ＡＩＤＳ　アイデンティティの病』１９８７年９月臨時増刊号、11頁。柄谷は慎重に、「ただ実際の病気に関しては、少しも面白くありません。（笑）」、と言い添えている。

17　浅田彰、島田雅彦『天使が通る』（新潮社、１９８８）１３７頁。

18　畑中正一、浅田彰「遺伝子のインター・テクスチュアリティ」、『現代思想　総特集＝進化論への新しい視座』１９８７年

おける感染拡大は、ソンタグのようにエイズを隠喩としてとらえるだけでは説明がつかないからである。

ソンタグはテクストの冒頭でまず、アリストテレスの『詩学』における、「隠喩（メタファ）とは、あるものに、他の何かに属する名前をつけることである」、という定義を引き、それが「哲学や詩とともに古い精神の働きであり、科学的な理解も含めて、たいていの理解行為と表現の産卵場である」[19]、ということを認める。隠喩の有効性を認めたうえで、すぐさまソンタグは、自分が『隠喩としての病い』を書いた理由を、「隠喩的思考の魅力を逆に振り払う姿勢をとってみたのである」（6）、とふりかえる。「避ける方がいい隠喩、しまい込む方がいい隠喩がないということではない」（6）、というのがソンタグの教訓である。ソンタグが思い浮かべているのは、病気にかかっている人々や、まわりで心配している人々のことだ。そういう人々のために、ソンタグは「隠喩や禁忌を解体する道具を提供したかった」（20）、とも告白する。解体の戦略はとても簡単かもしれない。病気には、いや正確にいえば病気の名称には、「「意味」はない」（20）、ということを伝えればいいのだから。

ソンタグの二つの隠喩批判に通底するヒューマニスティックな動機を、ひととき脇に置いてみよう。ニーチェは『道徳外の意味における真理と虚偽について』のなかで、「直観的隠喩」と「概念」とを区別した。直観的隠喩は「個別的で、それに類似したも

6月号、81頁。

19　スーザン・ソンタグ（富山太佳夫訳）『エイズとその隠喩』（みすず書房、1990＜1988）5頁。以下、引用文の直後の丸括弧内の数字は、このテクストの頁を示す。

のはなく、それゆえにいっさいのカテゴリー化からいつも逃れ出ることができる」のに対し、「概念」とは、そのような隠喩の「残留物」[20]であり、硬直してしまった直観的隠喩にほかならない。直観的隠喩は、「そのたびごとに、まったく別の新しい領域のまったただなかへ、領域をすっかり跳びこえることができる」(1020)。ソンタグはこのような「隠喩的思考」の魅力を知りすぎていたにちがいない。だから彼女はその「魅力を逆に振り払う」必要があったのだ。とはいえ、「隠喩」が「エイズ」とセットで語られるときは、ソンタグのテクストの影の下から逃れでることは難しい。しかも、エイズをめぐる表象は、「まったく別の新しい領域のまっただなかへ、領域をすっかり跳びこえ」、マイナスからプラスへと価値転換した。医学や生物学から思想へとスピンアウトできるエイズをめぐる表象の動きをあらわすためには、「隠喩」ではない別の言い方が必要だ。この別の言い方については、本章の最後の部分で論じることにする。今は、もう一つの領域へのスピンアウトの過程を追うことにしたい。

20 Friedrich Nietzsche: Über Wahrheit und Lüge im außermoralischen Sinn. In: Friedrich Nietzsche: Werke III. Herausgegeben von Karl Schlechta. Frankfurt am Main, Berlin, Wien: Ullstein, 1979. S.1023. 渡辺二郎訳（ちくま学芸文庫）を参照。以下、引用文の直後の丸括弧内の数字は、このドイツ語テクストの頁を示す。

意味作用を起爆する

すでに述べたように、1983年9月には、「肉から愛の時代へ――AIDSを日本に入れないために」が、10月には「隠喩としてのエイズ」が発表された。同年9月、

21 川村毅「演劇とエイズ（AIDS）」、『新劇』1983年9月号、63頁。

『新劇』誌上に劇作家の川村毅による「演劇とエイズ（ＡＩＤＳ）」というエッセイが掲載された。川村は、「演劇とペストならぬ、演劇とエイズが語らなければならない」、と断じる。アントナン・アルトーの「演劇とペスト」が念頭に置かれていることは明らかだ。エイズが、「何も起こるはずがないという日常意識が堅固にはなっても、決して脅かされることのないこの時代における強烈なしっぺ返しとなり得ているのではないか[21]」、という川村の発想は、演劇こそがペストと同じように、「人びとにあるがままの自分の姿を見させ、仮面を剝がし、虚偽を、怠惰を、低俗を、偽善を暴く[22]」というアルトーの演劇観の20世紀末版である。エイズは思想のみならず演劇にとっても、当初から、強い意味作用をもっていた。

意味作用が刺戟されたのは、演劇にとどまらない。今野雄二が１９８４年から86年にかけて『野性時代』に発表した7編の小説は、１９８９年、『きれいな病気』というタイトルの短編集として出版された。トーマス・マンの小説の主人公トニオが同級生のハンス・ハンゼンによせる同性愛的な感情を表白する言葉が、この短編集全体のモットーとしてかかげられている。ゲイ小説集だ。エイズはマージナルに言及されるにすぎないが、全編の背後で黒い宝石のような輝きをはなっている。「あとがき」は、「鳥肌がたつほどの美しく鋭くそして香わしい推薦文[23]」を寄せた浅田彰への謝辞で結ばれている。

島田雅彦は１９８６年から１９８７年にかけて、エイズをモティーフとする4編の小

22 アントナン・アルトー（安堂信也訳）「演劇とペスト」、『アントナン・アルトー著作集Ｉ　演劇とその分身』（白水社、1996＜1938）48頁。アルトーのテクストと川村のテクストを結ぶラインの上に、１９７５年に寺山修司主催の天井桟敷によって初演された『疫病流行記』を位置づけることができる。デフォーの『疫病流行記』から始まるこの戯曲を貫いているのは、アルトーが「演劇とペスト」で主張した、演劇もペストと同じように伝染性だというテーゼだ。寺山は『天井桟敷　ヴィデオアンソロジー』におさめられたインタビューのなかで、「演劇というものを伝達するのではなく、伝染させていくことは可能だろうか」、という問いを立てている。

23 今野雄二『きれいな病気』（マガジンハウス、１９８９）２２１頁。

説を発表した。それらは1987年に『未確認尾行物体』というタイトルで単行本としてまとめられた。浅田彰はこの単行本の解説も書いている。「AIDSの／AIDSによる脱構築」と題されたその解説に書かれていることは、浅田が他の箇所で書いたこと話したことと大きな違いはない。だから、島田の小説はエイズをめぐる浅田の解釈を絵解きしたテクストとして捉えることもできる。[24] しかしながら、「あたしの粉末は世界を平等にするんだわ。あたしは水爆と同じ力を持つことになるの。この何の役にもたたないおカマがね。身寄りのない**エイズのおカマ**がね」、といった、この小説のいたるところに散りばめられているアンモラルなフレーズは、浅田の言葉を借りれば、エイズがもたらした「残酷にして滑稽な悲喜劇」を「笑いつつ解体する」[25] 試みとして読むこともできるかもしれない。すでに指摘したように、浅田は1983年に「いま本当に面白いのは、文学の、そして思想のAIDSなのである」、と書いていた。文学のエイズは浅田の予言どおり、今野や島田の作品によって実現した。

　1988年には、「残酷にして滑稽な悲喜劇」を「笑いつつ解体する」劇が上演された。1983年に演劇にペストやエイズのようないわば創造的な破壊力を予見した川村毅は、『帝国エイズの逆襲』を発表した。このシナリオには解説がつけられている。「エイズの友達」というタイトルの解説を書いたのは島田雅彦だ。島田は、自分が『未確認尾行物体』で「エイズと人類の持ちつ持たれつ《GIVE & TAKE》の関係を夢見た」のに対し、川村はこの

24　渡辺直己「AIDSが切札［エイス］になるとき」、吉田文憲「エイズという「入れ子構造」」、『早稲田文学［第8次］』1988年2月号、64－73頁を参照。

25　島田雅彦『未確認尾行物体』（文藝春秋社、1987）44、188頁。

戯曲では、「人類がエイズを指導者として崇める夢を見た[26]」と書いている。エイズは文学においても価値転換される。

震美的なヴィジュアル・イメージ

エイズの価値転換はヴィジュアル・イメージでも起こった。海外ではとくにこの傾向が顕著だった。たとえば、"National Geographic"の１９８６年6月号に掲載されているピーター・ジャレトによる「我らの免疫システム：体内の戦争」という記事は、免疫システムとエイズとを極度に審美化して図解している。[27]「美化」［beautify］ではなく「審美化」［aestheticize］という語をあえて選んだ理由を説明しておきたい。「審美化」とは、写真であれ、絵画であれ、音楽であれ、演劇であれ、文学であれ、時として政治であれ、対象が倫理的、社会的、政治的、科学的等々の判断のフィルターを通過する前に、受容の可否が感覚的に決定されることをさしている。"aestheticize"の語源をたどれば、「感覚的知覚」を意味するギリシャ語の"aisthesis"に至る。「我らの免疫システム：体内の戦争」のなかにふんだんに盛りこまれた免疫細胞のヴィジュアル・イメージの操作は、"aestheticize"すらつきぬけて"glamorize"という動詞のほうがふさわしい。ライナー・マリア・リルケによれば、「美は怖《おそ》るべきものの始め[28]」であり、アンドレ・ブルトンに

26　川村毅『帝国エイズの逆襲』（新宿書房、１９８８）１３３頁。

27　Peter Jaret: Our Immune System: The Wars Within. In: NATIONAL GEOGRAPHIC, June 1986, pp.702-735. 掲載された画像は以下のサイトで見ることができる。https://twistedsifter.com/2014/07/our-incredible-immune-system/。

28　ライナー・マリア・リルケ（手塚富雄訳）『ドゥイノの悲歌』（岩波文庫、1957<1922）7頁。

よれば、「美は痙攣的」だ。[29] だから「審美的」というよりも「震美的」と表記したくなる。エイズを素材にしたアートが「痙攣的」な美を表現するということは、つとに指摘されてきた。たとえば日向あき子は、『ウイルスと他者の世紀――エイズ意味論、エイズ芸術』を書いた動機を、「エイズにポジティヴなメタファーと意味を、というところから私は書いているのである」[30]、と説明している。

１９８６年には日本でも、エイズがヴィジュアル・イメージとして価値転換されることになる。『BRUTUS』の１９８６年5月1日号の特集は、「GAY SCIENCE――AIDSから愛をこめて」だ。この号はヨーロッパ各国のゲイたちの写真を満載している。サブタイトルが示唆するのは、美しいゲイたちがエイズからの愛を読者に送り届けるという構図である。『BRUTUS』はこのほぼ5年後にも、「ＡＩＤＳが連れ去った芸術家たち」というテーマでエイズを特集している。前半部では、キース・ヘリング、ロバート・メイプルソープ、ロック・ハドソン、アントニオ・ロペス、ミシェル・フーコー、デレク・ジャーマン、クラウス・ノミらが、多くのヴィジュアル・イメージとともに紹介される。特集の後半部はまったく異なったニュアンスを帯びる。「作品からTシャツまで…。キース、メイプルソープを買う。」、と題された6頁は、見開き2頁ごとにそれぞれ、「キースは、消費文化のヒップスターだ。」、「紙の上の男、女、花、死。厳選！メイプルソープ・カタログ」、「ＡＩＤＳ商品真っ盛りのＮＹ。ＡＩＤＳマーケティング事

29　アンドレ・ブルトン（巖谷國士訳）『ナジャ』（岩波文庫、2003＜1928）１９１頁。審美化の圧倒的な力を論じた代表的なテクストが、ソンタグの「ファシズムの魅力」だ。

30　日向あき子『ウイルスと他者の世紀――エイズ意味論、エイズ芸術』（中央法規、１９９７）25頁。海外における審美化されたエイズに関しては、日向のこの著作以外に、Rob Baker: The art of AIDS. New York : Continuum, 1994や鴻英良『二十世紀劇場――歴史としての芸術と世界』（朝日新聞社、１９９８）、西山智則『恐怖の君臨：疫病・テロ・畸形のアメリカ映画』（森話社、２０１３）など、すぐれた先行研究がある。

情。」、という見出しが付けられ、それぞれのイメージには値段が表示されている。そこでは、「我々に残された道は、買うという行為によって（つまり身銭を切って）、彼らとの繋がりを確認することだけだ[31]」、というコピーが消費をうながす。エイズがアートの付加価値となるのは、この時期の日本の経済状況からすれば当然のことかもしれない。『BRUTUS』1986年5月1日号が発売されてから1991年[32]8月15日号が発売されるまでのほぼ5年間は、バブル景気の時期とほぼ重なる。このようにみると、エイズをめぐるイメージと高度資本主義社会との親和性は高いように思われる。だが、1990年代に入ると、表現の素材としてエイズを呼びだすのではなく、エイズのように生きること、あるいはエイズとして生きることを受容者に体験させる画期的なパフォーマンスが登場する。少し遠回りしよう。

『S／N』が開く

「文学の、そして思想のAIDS」を主導してきた浅田は、1994年に開催された「エイズと文学、人間の尊厳をめぐって」というシンポジウムにおいて、「エイズを素材として自己の文学の領域を拡大しようというようなアプローチはそもそも間違っている」、と発言する。文学や思想にとってのエイズの価値は、「自分の領域をどこまで無防

31 『BRUTUS』1991年8月15日号、80－85頁。

32 この年には『美術手帖』もエイズを特集する。特集の冒頭では、自己と非自己の判別ができなくなるエイズは、「自我の融解」とか「小さな死」という「古臭い隠喩をまさに現実のものとしたのではないだろうか」、という修辞疑問がしるされている。『美術手帖』1991年6月号、31頁。

備に開けるか」[33]、という基準によって決まる。シンポジウムにおけるこの発言は、同年に刊行された『すばる』7月号に収録されている。この号は、エイズに倒れたエルヴェ・ギベールの作品を軸にして、「免疫なきエクリチュール——変容するＨＩＶの物語」と題された特集を組んでいる。

この特集自体には含まれていないが、この7月号の「今月のひと」として紹介されているのが古橋悌二だ[34]。偶然かもしれない。あるいは浅田の配慮だったのかもしれない。いずれにしても、「自分の領域」を「無防備に」開く可能性を浅田が見いだしたのは、小説ではなく、古橋悌二が中心メンバーとして活動していたダムタイプによる『S／N』だった。『S／N』のなかで響く、「私は夢見る。私のXが消えることを」[35]、という印象的なリフレーンの「X」には、性別、国籍、血、権利、価値、常識、人種、財産、様式、恐怖、義務、権威、権力が代入される。あえて「代入」という語を選んだのは、ここではそもそも、「私の」個別性を支えるさまざまな境界線が消えることこそが夢見られているのであって、特定の境界線が問題視されているわけではないからだ。そう理解したとしても、「X」に「現実」が代入されないのはなぜか、という疑問が残る。これは、「現実」を輪郭づける境界線が特別であることを示唆している。それは、この『S／N』が、舞台の上で演じられる虚構とパフォーマンスと、それを受容する観客が生きる現実との境界線を融解することをめざしているということである。古橋悌二は１

33　浅田彰、瀬戸内寂聴、中沢新一「シンポジウム：エイズと文学、人間の尊厳をめぐって」、『すばる』１９９４年７月号、１９４頁。

34　古橋悌二（聞き手・構成 江口研一）「今月のひと」、『すばる』１９９４年７月号、２８６－２８９頁。

35　『DUMB TYPE 1984 2019』（河出書房新社、２０１９）85頁。

994年に『S／N』の舞台上で、自らが実際にHIVに感染していることを公表した。「私の（my）」個別性を輪郭づける数々の境界線が消えるように、『S／N』というパフォーマンスに引用される、フーコーの『同性愛と生存の美学』からシャーリー・バッシーが歌う“People”に至るテクストたちも[36]、相互に開かれる。観客の目と耳に入力される映像と文字と音は、感覚的に享受されるノイズのままかもしれないし、それらが知的に享受されてなんらかのシグナルへと凝結するのかもしれない。“S”と“N”という対となったアルファベットは、まず“SIGNAL”と“NOISE”の頭文字として提示されるが、その下にはこの二つのアルファベットで始まる単語たちが並置される。たとえば、“SOME”と“NONE”がそれに続く。いちばん下の対は、“SHOTGUN”と“NEEDLE”だ[37]。この二つの文字列は、即座に私の脳を開き、すぐさま私は“Sign ☮” the Times”を想起してしまった。“NEEDLE”については本書の冒頭でえんえんと述べた。プリンスの口からはなたれるのは、“SHOTGUN”ではなく“MACHINE GUN”ではあった。しかし、“NEEDLE”と“SHOTGUN”/“MACHINE GUN”という対は、私の脳内の解剖台の上で出会い、震美的なシグナルに変じた。

36　『S／N』に含まれるテクストたちについては、竹田恵子「ダムタイプによるパフォーマンス『S／N』（初演1994年）における引用の様態と作品構造」、『演劇学論集　日本演劇学会紀要』58巻（2014）、73－89頁を参照。

37　「S/N Performance/Text #1」、『シアターアーツ』1（1994年1号）、181頁。以下、引用文の直後の丸括弧内の数字は、このテクストの頁を示す。

意味の商品としてのエイズ

このように『S／N』というパフォーマンスは受容者にノイズをそそぎかける。受容者はそこからなんらかのシグナルを受けとる瞬間に、意味に感染する。そのうえ、『S／N』が生起させる意味は、「意味の伝染病」としてのエイズが撒き散らす負の意味たちへのカウンターにもなっている。『S／N』には、ポーラ・A・トライクラーによる「意味の伝染病——エイズ、同性愛嫌悪と生物医学の言説」に列挙されている負の意味たちが引用されている（186-188）。トライクラーはエイズが負の意味たちを増殖させる点で、通常の伝染病とは異なることを強調する。

たしかに、エイズは、世界崩壊の現実的な可能性を孕んだ伝染病であるが、また同時に意味の表象の伝染病でもあるのだ。どちらの伝染病も理解するのは非常に困難だ。というのもわれわれがエイズを「一つの感染症」以外の何物でもないとして取り扱おうと試みても、意味は狂ったように激しくとてつもない速さで増殖していくのだから。これまでのエイズに対する理解がいかに混乱極まったものであることを考えれば、エイズが意味の伝染病であることは明白である。[38]

38　ポーラ・A・トライクラー（菊池淳子訳）「意味の伝染病——エイズ、同性愛嫌悪と生物医学の言説」、田崎英明『エイズなんてこわくない——ゲイ・アクティヴィズム／エイズとはなにか？』（河出書房新社、１９９３）２３３頁。私が参照することができた二つのヴァージョン、October と、Paula A. Treichler: How to Have Theory in an Epidemic. Cultural Chronicles of AIDS. Duke University Press, 1999, p.11 のいずれにおいても、邦訳で「表象」という語があてられている箇所は、“an epidemic of meanings or signification” となっている。「複数の意味あるいは意味作用の伝染病」が直訳である。「表象」という訴求力の高い表現が、意味の伝染病を扱うこの論文にも感染したのだろうか。

ただし、社会構築主義者トライクラーは、エイズをめぐる表象がポジティブにも転化することを見落としている。見落としているというよりも、観察できなかったというべきかもしれない。トライクラーのこの論文が『オクトーバー』に掲載されたのは、1987年の冬のことだった。それに先立つ1987年9月、金塚貞文は「商品としての病い」というエッセイにおいて、「エイズへの過剰なほどの知的対応」を指摘する。

エイズほどに、パニックが起こる前からパニックの危惧が、かえってそれを挑発するかのように語られた病気は他にない。エイズはあたかも、待ちに待たれていた病気のようにさえ見えるほどだ。待ちかねていたあらゆる知が、エイズという新しい病気の登場に一斉に、その意味探しに飛びついた、そんな観さえある。[39]

金塚が下した診断は誤っていなかった。すでに述べてきたように、エイズは病としてだけでなく、表象としてメジャーデビューしたことで、少なくとも日本では、知のさまざまなパッケージに包まれた商品として流通したからである。

39 金塚貞文「商品としての病い」、『現代思想 総特集=AIDS アイデンティティの病』1987年9月臨時増刊号、40頁。

黍羊羹と月餅を前にして

　しかしながら、このようなメインストリームの流れに静かな懐疑の眼差しを投げかける小説が1993年に発表されたことも、書き添えておきたい。血友病の子供をもつ大西巨人が1993年に発表した短編小説には、「エイズ」というタイトルに加えて、「一九八七年十月」という副題がつけられている。この副題は、小説のなかで言及される二冊の雑誌の発行時期をさしている。『現代思潮』[40] 9月「臨時増刊」号「総特集／AIDS／アイデンティティの病い」と、その前月に発行された『別冊宝島』第67号『エイズの文化人類学』である。

　主人公の影見貞男は血友病者であり、その妻となった村崎乙女はそれを承知のうえで結婚した。二人は『別冊宝島』はすでに読了していたが、『現代思潮』は買いそびれていた。乙女はたまたまその日、小さな書店でこれが一冊だけ残っているのを見つけ購入した。貞男はこの雑誌を入手できたことをきっかけに、エイズについて二人で語り合うことにする。二人はすでに血液検査を受け抗体陰性という結果を得ていたが、貞男はハンセン病に関する知見から、エイズの場合も医学がまだ解明していない点が多いことを勘案して、子供を作る時期を乙女と念入りに相談していた。この小説は、貞男がエイズについて語り合うことを提案する場面から始まり、乙女が先に『現代思潮』を読み、貞

40　『現代思想』のことと思われる。ひょっとすると意図的な改変かもしれない。この短編小説は『群像』の1993年7月号と同年8月号に分けて掲載された。どちらの号でも、『現代思潮』と表記されている。この短編小説は、のちに『五里霧』というタイトルの短編集に収められ、文庫にもなっている。講談社文芸文庫版（2005）でもやはり『現代思潮』のままである。直前に引用した金塚のエッセイが掲載されたのも、『現代思想』のこの号だった。なお、『別冊宝島』については、誤記はない。

男がその感想を聞く場面で終わる。小説内で経過しているのは数時間だろう。乙女は、「ええ、医学的には、別に新しい情報もないようだわ。でも、巻頭の座談会とか論文の幾つかとかは、おもしろくて有益」、と感想を述べる。彼女の顔に浮かぶ「ほほえみ」に気づいた貞男は、「沈んでいる人の唇には、微笑が見えるものだ」という言葉を思い起こし、乙女の心に、「一種の（しかし自棄的ならざる）虚無感」を予感する。エイズが「意味の表象の伝染病」として流通し、たとえばアートにとって強い付加価値となりつつあった時期——副題が示すようにまたしても1987年だが——この夫婦は「黍羊羹《きびようかん》二切れ・月餅《げっぺい》一個入りの木皿」[41]を前に座る。貞男の口が開くところで、小説は終わる。ここにもエイズの「意味」を見出すことはできるかもしれない。しかし、それは知の回路で増殖する「意味」ではなく、あくまでも血に内在する「死」の意味である。

41 大西巨人「エイズ——一九八七年十月（承前）」、『群像』1993年8月号、196頁。

「記号」と「しるし」

エイズをめぐる表象が思想や文学やアートへとスピンアウトし、そこで価値転換が起こる過程を観察してきた。そのさい要所で「転異」というまだ公認されていない概念をしのびこませてしまった。しかもそれは、この章のタイトルにすら鎮座していた。「表象の転異」と題したこの章を結ぶにあたり、おそまきながら、この概念を規定しておかなければならない。

影見夫妻が１９８７年に読んだもう一冊の雑誌である『別冊宝島』第67号『エイズの文化人類学』の裏表紙には、「エイズからの〈知〉の贈りもの」というコピーが浮かび、冊子の冒頭では、それが「テキストとしてのエイズ現象を解読するさまざまな試み[42]」をまとめたと説明されている。１９８７年、エイズは時代の「しるし」［sign］として歌われるだけでなく、時代の「記号」［sign］として「解読」される。突き止められるはずの意味が想定されているからこそ、「解読」であり、だからこそ「知」はこれを、喜ぶべき「贈りもの」として歓迎しなければならない。

エイズが記号になったのは『別冊宝島』のなかだけではなかった。この年には、そのイデオロギーがおそらく正反対を向いていると思われる『正論』と『世界』でも、エイズは記号として読まれた。前者には、中川米造による「記号としてのエイズ[43]」が、後者には、立川昭二による「エイズをどう読みとるか――病いの記号論へ――」[44]が掲載された。エイズを記号として解読しようとするこれらのテクストは、ソンタグによる『隠喩としての病い[45]』が設定した理解の枠組の内側にある。エイズは「エイズ」と呼ばれることで、ヒト免疫不全ウイルス（Human Immunodeficiency Virus）によって引き起こされる後天性免疫不全症候群（Acquired immune deficiency syndrome）であることをやめ、本来それがもっていなかった意味が、一義的な約束事にはなっていないものの、広く社会的

42 『別冊宝島：エイズの文化人類学――［エイズ現象］をどう読むか？』67号（１９８７）、３頁。

43 中川米造「記号としてのエイズ」、『正論』１９８７年６月号、１５２―１６０頁。

44 立川昭二「エイズをどう読みとるか―病いの記号論へ―」、『世界』１９８７年12月号、３１１―３１９頁。

45 『エイズとその隠喩』の原著は、これらのテクストが発表された１９８７年の翌年１９８８年に出版された。

に共有されるようになってしまう。

ただ、ここまでは、エイズでなくても、結核でもガンでも梅毒でも大きな違いはない。エイズが、ゲイや「外人」や売春婦といった排除の対象ともくされる他者を意味している限りにおいて、その意味は広く共有され、したがって「記号」であり「隠喩」である。狭義の記号では、その意味は——ここではもうシニフィエ（signifié）と言ってしまおう——は有限数に固定されている。交通信号の「赤」は「停止」を意味する。「私は金槌だ」のように慣用句となった隠喩は、ほぼ記号だ。ニーチェの言葉を再度使うと、そのような記号と化した隠喩は、「個別的で、それに類似したものはなく、それゆえにいっさいのカテゴリー化からいつも逃れ出ることができる」直観的隠喩とは異なり、「概念」と同じく、直観的隠喩の「残留物」である。「残留物」という言い方にネガティブなニュアンスをこめるつもりはない。記号的隠喩になることができたがゆえに、エイズは読まれることができ、解読というコミュニケーションの連鎖をうながすことができたのだから。

この時期、エイズがそのような記号的隠喩にとどまった典型的な事例がある。コンピュータ・ウイルスが「エイズ」として特徴づけられた例だ。ギベールの小説、『ぼくの命を救ってくれなかった友へ』は、原著が１９９０年に、邦訳が１９９２年に出版された。ギベールはエイズの進行をコンピュータ・ゲームのパックマンの動きになぞらえている。[46] 巽孝之は、「コンピュータ・ウイルスは人間に伝染るか?」と題された、池田清彦との対談のなかで、「そこで誰でも連想しそうなのが、何といってもエイズとコンピュータ・ウイルスのアナロジーでしょう。この二つがシンクロするかのように発生して80年代のパラダイムが形成されたと言ってもいい[47]」、と発言している。1993年に発行された『國文學』の11月臨時増刊号は、「〈知〉の連環――インターフェイスする書物――」というタイトルのブックガイドになっている。そのなかの一つのセクションは「エイズ・コンピュータ――主体としてのウイルス」と題されている。もちろん「エイズ・コンピュータ」は、存在しない。「エイズ」と「コンピュータ」を結ぶナカグロは、両者が雀蜂と蘭のように、ナルキッソスと水面のように一つのシステムへと接合していることを意味しているのではなく、「エイズをめぐる情況は、コンピュータと人工知能をめぐる情況とある隠喩性をもって共存している[48]」、ということを指示しているにすぎない。

「エイズ・コンピュータ」は存在しないが、「エイズ型コンピュータウイルス」は存在するようだ。1994年、『エイズ型コンピュータウイルス』と題された書籍が出版された。それによると、「コンピュータエイズ」という語は『大阪新聞』が、「エイズ型ウイルス」という語は『夕刊フジ』が初出で、どちらも1993年のことだった。そのような名称が付けられたのは、「従来のウイルスが、いつでも、どこでも、同じ顔をして

46 エルヴェ・ギベール(佐宗鈴夫訳)『ぼくの命を救ってくれなかった友へ』(集英社、1992)8頁。

47 池田清彦、巽孝之「コンピュータ・ウイルスは人間に伝染るか?」、『現代思想　特集=人工生命』1991年1月号、46頁。

48 小森陽一「5 エイズ・コンピュータ――主体としてのウイルス」、『國文學　〈知〉の連環―インターフェイスする書物―』11月臨時増刊号、77頁。

いたのに対して、そこで取り上げられたウイルスは、感染の都度、見かけ上、その顔が違うから」[49]、と説明されている。デジタル・テクノロジーという身体の上で、マスメディアを媒介として、隠喩としての「エイズ」が伝染していったのが、1990年代の初頭だった。エイズには、忌まわしさという本来の属性があいかわらず付着しており、この領域では価値転換は起こっていない。

システムを超えた感染

隠喩としてのエイズが、よきにつけあしきにつけ、対象をより印象的に表現する手段にとどまるとすれば、エイズをめぐる表象は、世界の見え方を変える。それればかりでなく、世界の見え方を逆転する。世界が決定的に、致命的に変わりつつあることを予示する。

ソンタグがエイズを隠喩としてとらえたのが1988年だった。そのほぼ2年後、1990年、ジャン・ボードリヤールは『透きとおった悪』において、エイズが隠喩であるというテーゼを真っ向から否定した。隠喩は、比喩されるものと比喩するものという二つの領域の差異を前提にしていた。しかしながら今や、「すべての分野は固有の特徴を失い、混同と感染の過程［…］あらゆる種類のウイルスの無分別な感染の過程に入り

49　山本隆雄、橋本守人、末森敦『エイズ型コンピュータウイルス』（日刊工業新聞社、1994）94－95頁。同書によると（5頁）、「コンピュータ・ウイルス」という名称が誕生したのは1984年のことだった。溝口文雄、西山裕之『免疫をもつコンピュータ——生命に倣うネットワークセキュリティ』（岩波書店、2006）によれば、日本国内でコンピュータ・ウイルスが最初に登場したのは1988年だった（5頁）。この啓蒙書は、溝口と西山らが取り組んでいた「デジタル免疫学」に関する研究に基づいており、その一環として多田富雄とも研究討論がおこなわれたらしい（iii頁）。

こむ」[50]。「隠喩的な幻想」は解体し、「あらゆるカテゴリーの相互感染、ある領野の他の領野での置き換え、ジャンルの混同」（16）が生じているというのが、ボードリヤールがたてるアンチテーゼだ。このアンチテーゼに比べると、エイズが隠喩であるというソンタグのテーゼはひどく穏やかにうつる。隠喩としてのエイズはひょっとすると、ねばりづよい啓蒙活動によって根絶することができるだろう。しかし、ボードリヤールの眼に映るエイズは、『S／N』で描かれるそれと同じように、たえず輪郭線を破る。ボードリヤールのテクストには、「そのたびごとに、まったく別の新しい領域のまっただなかへ、領域をすっかり跳びこえることができる」、というニーチェの言明が共振している。

エイズ、クラッシュ、コンピュータ・ウイルス、テロリズムは、互換性をもたないが、ひとつの家族のような印象をあたえる。エイズは、たしかに性的価値の大暴落のようなものだし、コンピュータは、ウォール街のクラッシュで「ウイルス的な」役割を演じたが、今度は自分たちにウイルスを注入されて、情報の価値の大暴落の危険にさらされている。汚染は、各システムの内部だけで生じるのではなく、システムからシステムへと伝染する。（54）

50　ジャン・ボードリヤール（塚原史訳）『透きとおった悪』（紀伊國屋書店、1991＜1990）15頁。以下、引用文の直後の丸括弧内の数字は、このテクストの頁を示す。

エイズにはエイズなりの冷徹な論理がある。ポローニアスの独白をもじるならば、エイズは、というよりはウイルスは、「狂ってはいても、筋道が通っている」のだ。

ソンタグのテーゼとボードリヤールのアンチテーゼの違いはもう一つある。隠喩において、比喩されるものと比喩するものの関係の方向性は固定されている。たとえば、「エイズは悪魔だ」という隠喩は、「悪魔はエイズだ」というふうに、方向を逆にすることはできない。しかしながら、「エイズ、クラッシュ、コンピュータ・ウイルス、テロリズム」は、相互に感染する。隠喩の感染源として特権化される「システム」はない。現代とは、「すべてのものが、ウイルス的毒性に、連鎖反応と偶然性で狂気じみた増殖と転移に、同時に、同じ資格で、感染する時代」(15)である。感染すること、つながること自体が目的化する。つながることがつながろうとする。システムが相互に「無防備に」開かれることで、特定のシステム内ではネガティブだったエイズが、別のシステムに感染するとポジティブな意味を得るという過程については、すでに詳述した。つながることで意味が変異する。「表象の転異」とはこのことである。これよりあとの章では、テンイを転意させて、「転異」とは別に「転位」や「転移」という表記も導入する。テンイという音もまた、つながり変異するはずだ。

徴候

ソンタグのテーゼにたいしては、そのアンチテーゼとみなすことができるイメージの読み方がもう一つある。私は冒頭で、エイズは注射針の先端ほどの微細な徴候である、と書いた。その「徴候」という概念を説明しなければならない。岡田温司は、ペストを描いた14世紀の絵画を分析した美術史家の言説を俎上にのせて、描かれる対象としてのペストと、それを描いた絵画との関係を論じている。岡田は、絵画はペストの記号ではないとして、ペストが描かれた絵画からそのまま死や病を読みとることを批判する。広くいえば、現実と表象との対応説が批判される。岡田はジョルジュ・ディディ＝ユベルマンの「徴候[51]」[symptôme] という概念を援用して、ペストの「記号」ではなく、「徴候」を問うことを勧める。

> ペストという出来事は、模倣的で再現的な「記号」としてではなくて、ずらされ、ときに反対物によって置き換えられた「徴候」として、当時の美術に影を落としているのである。[52]

ペストが描かれた絵画はペストの惨状を描きながら、その惨状の描写と矛盾する細部は、

51　ディディ＝ユベルマンはフロイトの「症状」[Symptom] 概念に依拠している。フロイトによれば、「神経症の症状」が形成されるのは、「リビード満足を求めて起こされる葛藤の結果」である。「不和に陥った二つの力が、症状において再び合流し、いわば症状形成という妥協を通して和解する」。フロイト（新宮一成、高田珠樹、須藤訓任、道籏泰三訳）「精神分析入門講義」、『フロイト全集15』（岩波書店、２０１２）４２７頁。したがって、症状を見れば、主体が本来は見せたくないもの、隠したいもの、要するに抑圧されたものが見えるはずだ。

52　岡田温司『ミメーシスを超えて——美術史の無意識を問う』（勁草書房、２０００）１３１頁。

惨状の「反対物」を指示してしまう。それは見ることが禁じられた欲望であり、見えてしまっている者は――岡田やディディ＝ユベルマンにとっては美術史家のことだが――見ることが禁じられているということも自覚しないままに、それを見ない。見えるのに見ないのはなぜか。

なぜなら徴候を見つめれば、イメージの中心に開いた裂け目において、そのまさに怪しい効力において、自分の目を危険にさらすことになったであろうからだ。それは非‐知による強制を受け入れること、したがって中心的で優越的な位置から、知る主体が占める強力な位置から、自分自身が遠ざかることであっただろう。▼53

たとえば、『私を抱いてそしてキスして』や『フィラデルフィア』は、エイズがもたらした悲劇を直截に描く典型的な作品である。そこでは、他者の差別と排除という隠喩的な意味がなぞられる。それにたいして、この章では、エイズを隠喩として観察したり分析したりするのではなく、それを徴候として見ることにつとめた。そうすることで、エイズがＨＩＶによって引き起こされる忌まわしい病であるとともに、それが思考や感覚に感染することで、知や震美の領域に感染拡大することがわかった。エイズは今や病名や隠喩にとどまらず、他の領土に浸潤し、そのつど変異する表象のウイルスに変容する。

53　ジョルジュ・ディディ＝ユベルマン（江澤健一郎訳）『イメージの前で――〈増補改訂版〉』（法政大学出版局、2018〈1990〉）２７４頁。

「表象」のメジャーデビュー

本来ならば冒頭でおこなうべきだった儀式を、遅ればせながら、この章を結ぶ前にかたづけておきたい。私はここまで、「表象」という概念を無頓着に使ってきた。というより、自覚しないまま、しかしなかば意図的に論脈に忍び込ませてきた、と自己批判すべきかもしれない。「表象」という語を説明するためには、感染のイメージが読者の思考になじむように、いわばウイルス（隠喩！）をまいておくことが必要だったからだ。

「表象」がブレイクしたのは、くしくも——とあえて言っておこう——エイズをめぐる表象の感染拡大とほぼ同じ時期のことだった。1987年に東京大学教養学部教養学科第一に表象文化論コースが発足した。[54] このコースに所属するスタッフを中心にして、1991年、『ルプレザンタシオン』という定期刊行物が発刊された。このあと、「表象」という語は多くの大学において、学部名であれ、学科名であれ、コース名であれ、新設の組織をつくるために酷使されるようになる。「表象」という語が、明確に定義されないまま、いや定義されないからこそ、1990年代以降いわば感染爆発したようにみえる。

1987年以前の日本では、「表象」という語は目立つことはなく、国語辞典や哲学事典のなかに控え目におさまっていた。「表象」の定義に長年にわたってもっとも濃

54 東京大学大学院総合文化研究科・教養学部・教養学科・超域文化科学分科のウエブ・サイト。https://www.c.u-tokyo.ac.jp/info/academics/fas/dhss/ics/hyosho/

い影を落としていたのは、ショーペンハウアーの『意志と表象としての世界』だった。「認識に対して存在するところのいっさい、だからこの全世界ということになるが、これはじつは主観との関係における客観にすぎず、眺める者あっての眺められた世界、一言でいえば、表象にすぎない」[55]、というのがショーペンハウアーによる「表象」の概念規定だ。これによれば、「表象」は「表現」の手前にある。「表現」とは、画家なり詩人なり作曲家なり幼稚園児なりが、感じたり思い描いたりした「世界」の「表象」を、絵具なり文字なり音なり、前言語的と形容するのが最適であるような言葉なり、なんらかのメディアによって外在化すること、あるいはときに、外在化したもののことだ、と区別してみる。１９９０年代以降、「表象」のインフレーションのまっただなかにいた私の経験にてらしてみると、「表象」という語が使われる場合、現在、おおむね次の4つの意味――そして直後に付記するように5つめの意味――が含意されているように思われる。①ヴィジュアル・イメージ（この場合、文学作品や音楽作品は「表象」ではない）、②虚構（この場合、いわゆる現実は「表象」ではない）、③表現されたもの（たとえば、現実の出来事は「表象」とは呼ばれないが、現実の出来事を撮影した写真は「表象」と呼ばれる）、④ショーペンハウアーによる概念規定。本書のなかで私が「表象」という語を使うさいには、この④の意味に半分だけ依拠している。

このショーペンハウアーの概念規定はいささか古色蒼然としていて、賞味期限が切れ

55　ショーペンハウアー（西尾幹二訳）『意志と表象としての世界』（中央公論社、1978＜1819）１１２頁。

ている感はまぬかれない。実際、『ルプレザンタシオン』の創刊号は、そこで使用される「表象」[représentation]をショーペンハウアーが投入する「表象」[Vorstellung]とはっきり区別している。ショーペンハウアーによる定義には、「代行」という意味が含まれていないことが理由である。[56]このことは、「表象文化論学会」のウェブサイトでは、「「表象」という概念は、哲学においては「再現＝代行」であり、演劇では「舞台化＝演出」、政治的には「代表制」を意味しています[57]」、と、より具体的に説明されている。これが現在でも流通している正式の概念規定だと思われる。

「表象」の新しい概念規定とショーペンハウアーによる概念規定との差異化によって、三つのことを学ぶことができる。

①ショーペンハウアーによる概念規定とのもっとも大きな違いは、「表象」の向こう側の対象が到達可能なものとして想定されているかいないか、という点だ。演劇の場合は元のテクストを、政治の場合は一人一人の市民の意思——誰が誰に投票したのか——を知ることは、少なくとも原理的には可能である。私が「エイズをめぐる表象」といい、「エイズの表象」という言い方を避けてきたのは、エイズの病因ともくされるＨＩＶに到達することは病理学的には可能だが、エイズが誘発した多くの意味から、エイズそのものに遡及することは不可能だ、というよりも、不可能であってもかまわない、と考えたからである。

56　渡辺守章「問題提起」、『ルプレザンタシオン　特集：なぜ、いま〈表象〉か』１９９１年春17頁。以下、引用文の直後の丸括弧内の数字は、このテクストの頁を示す。

57　表象文化論学会のウエブサイト。https://www.repre.org/association/about/

②ショーペンハウアーはあくまでも一人の人間における「表象」を念頭に置いている。それにたいして、フーコーを理論枠としている『ルプレザンタシオン』は、個別的な「表象」ではなく、時代の通性として確定できる「表象」を論じる。たとえば、「16世紀における世界の表象の仕方」という言い方がなされる。ショーペンハウアーの表象概念には欠けていたこの視点を、私も全面的に共有する。とはいえ、すぐさまフーコーの名を出すことによって、概念規定の精緻化をスキップするのは、あまりにもアカデミックで、本書には似つかわしくない。「16世紀における世界の表象の仕方」ではなく、「バブル期からバブル崩壊期にかけての日本における一部の若者による世界の表象の仕方」を例にとって、ショーペンハウアーとフーコーを架橋しておきたい。麻原彰晃が率いるオウム真理教の信者の多くは、1985年に雑誌『ムー』に掲載された麻原彰晃が空中浮揚する写真に衝撃を受けたといわれている。信者の中にはいわゆるエリート大学の学生がおり、しかも幹部の何人かは理系の大学院生でもあったことがオウム真理教の特徴の一つだった。[58] ショーペンハウアーの考え方でこれにアプローチしてみる。当該の若い信者は当初、近代の自然科学を表象の準拠枠としていた。その準拠枠が機能している限りは、空中浮揚はインチキだ。しかしながら、何らかの――おそらく複数の――誘導因によって、その準拠枠の絶対性が崩れた。その若者は空中浮遊の可能性を信じた。その若者の脳内で、精神の力についての教えが万有引力の法則にとってかわった瞬間である。

58 「エリート実行犯の素顔」、『アエラ』1995年5月29日、6－9頁。

それ以降、この若者は世界をそれまでとは異なった仕方で思い描くようになる。空中浮揚は彼にとって、世界の表象の任意のひとつではなく、圧倒的な説得力をもった表象に変じたのだ。これに、フーコーの考え方を接ぎ木する。このような変化は、一人の若者だけに起こったのではない。少なからぬ数の若者たちが近代の自然科学を表象の準拠枠にしていたにもかかわらず、彼らは彼らの無意識に潜在していたであろう真理への欲望に駆動され、[59]空中浮揚の写真をはじめとする衝撃的なイメージによって、自然科学の準拠枠の崩壊を経験した。おそらく、学問的にではなく、震美的に。しかし、彼らは真理の存在への絶対的な信奉だけは維持しつつ、準拠枠の内実を精神の力についての教えに置き換えた。これが「バブル期からバブル崩壊期にかけての日本における一部の若者による世界の表象の仕方」である。このような説明が暗黙のうちに前提にしているのは、表象は、たとえその一例が空中浮揚であったとしても、間違いとか錯覚としてかたづけることはできない、ということだ。表象に注目する限りにおいて、空中浮揚が実現可能かどうかを問うことは無意味だ。空中浮揚が実現可能だと信じた若者たちが、ある時期に一人の人間のもとに集結し、空中浮揚を含む同一の世界を表象したという事実が考察の対象になる。したがって、エイズそのものに遡及することは不可能であってもかまわない、というのは、空中浮遊が物理的に可能かどうかを確定することは、表象の問いにはならない、ということと同じである。

59　神尾達之『ヴェール／ファロス—真理への欲望をめぐる物語』（ブリュッケ、2005）。

③本章は、エイズをめぐる表象が、意味の核とでも呼べるかもしれない本質に固執せず、突然変異を繰り返しながら感染するさまを語ることを目的としている。渡辺守章は『ルプレザンタシオン　特集：なぜいま〈表象〉か』の冒頭に置かれた「問題提起」において、「「表象」という概念を、敢て厳密に定義しないまま、戦略的な操作概念として用いようとする賭」(16)、という言い方をしている。同誌の「創刊の言葉」は、『ルプレザンタシオン』が「資本主義的な「商品」価値を帯びることをいささかも回避しないばかりか、そうあることを運動の契機とさえしている」(1)、と宣言する。感染の表象の感染を20世紀から21世紀への転換期における特殊な現象と考える本書[60]にとって、『ルプレザンタシオン』に発する「表象」が、定義を拒否しつつ、隠喩でも記号でもなく、定義を空所にすることによって欲望の対象でありつづけるという戦略を選んだことを、あるいは選ばざるをえなかったことを目撃することができたのは、大きな収穫である。一義的な概念規定がなされないことで、変異が容易になり、増殖は加速するのだ。

「表象」という概念にたいして、私はいささかシニカルにすぎるような印象を読者に与えてしまっているかもしれない。しかし、私は「表象」の戦略を、むしろ模範にしたい。本書のキーワードである「つながり」を、私はここまでまったく定義していない。それはこの語が日常語だから説明を要しないという甘えによる、というのは正直すぎる説明だ。つながりは、少なくとも2つの項を前提にしている。複数の要素が、物理的に関係

60　ダン・スペルベル(菅野盾樹訳)『表象は感染する——文化への自然主義的アプローチ』(新曜社、2001＜1996)が表象の感染についての一般論であるのにたいし、本書は感染の表象の感染という特殊論である。

を結んでいるにせよ（一本の電信柱と隣の電信柱が電線でつながっているように）、因果関係で結ばれているにせよ（風と桶屋が、心臓の停止と身体活動の停止がつながっているように）、あるいは妄想で結ばれているにせよ（私はこの本を楽しみながら書いている、だから読者も楽しんで読んでくれるだろうという推測のように）。このことは、ここでは確定しない。「つながり」がつなげる主体なしにつながっているのか、それとも、つなげる主体がつなげているのか、というのが、本書の最終章で扱う論点だからだ。

2．寄生と共生

『寄生獣』

1990年代に入ると、エイズをめぐる表象は、表向きは、他者から寄生されることへの恐怖へと転異する。しかし、寄生は共生にも転化できる。むしろ寄生は共生のための準備かもしれない。

教育が特定のイデオロギーの漸進的なインプリントだとすれば、それを受容する若者たちの脳裏に、同じく漸進的に書き込まれるのが、連載マンガが思わず知らず帯びてしまうイデオロギーだ。しかもマンガの場合、読者による受容を駆動するのは外部からの強制ではなく内発的な快感原理だから、インプリントはおそろしく効率的だ。1988年から1994年の6年間にわたって、他者からの寄生をそのままタイトルに組み込んだマンガが、『モーニングオープン増刊』と『月刊アフタヌーン』に連載された。岩明均『寄生獣』である。

ある日、のちに「寄生獣」と呼ばれる謎の生物が地球にやってくる。この生物は人間に寄生し、その人間をコントロールする。この生物に寄生された人間は、他の人間を食べつづける。食べるというのは殺害するということだ。寄生獣が増えつづけていることに気がついた人間たちと、寄生獣との間で壮絶な戦いが繰りひろげられる。寄生の経路は脳だ。寄生された人間と、いまだ寄生されていない人間とが異なる人間観をもち、両

1　岩明均『寄生獣』（講談社、1995）第10巻176頁。このマンガから引用する場合は、原則として巻数と頁数を挙げる。また、スピーチバルーン内の行分けは半角スペースにする。

2　『寄生獣』が連載され、他者との共存のイメージが読者の

者が殺し合うだけでなく、言葉によるイデオロギー闘争をおこなうという設定が、これによって可能になる。主人公の新一は、寄生獣が鼻や耳から脳に侵入する直前に、それに気づき、寄生獣が脳へ侵入するのをぎりぎりのところで阻止する。寄生獣は新一の右腕にいすわることになり、ここから新一と、「ミギー」と自称する寄生獣との共生が開始する。

新一とミギーもまた人間観をめぐって論争する。新一が口にするのは人間中心主義である。寄生獣であるミギーはそれを批判する。ただし共生する二者の間では、論争が殺し合いにエスカレートすることはない。ミギーと共生することで新一の人間観は変わっていく。最終的には、寄生獣と人間は、お互いに認め合うわけではないが、共存することになる。「他の生き物は誰ひとり人間の友だちじゃないのかも しれない でも……たとえ得体は知れなくとも 尊敬すべき同居人には違いない」[1]、というのが新一の到達した境地だ（図1）。他者によって寄生されることへの恐怖は、当初、他者を排除するための闘争をみちびくが、6年間におよぶストーリー展開のなかで、排除は共存の思想へと変じる。ただし、共存であって、まだ共生ではない。[2]

脳にインプリントされていったのとほぼ同じ頃、1990年から1995年まで、『ビッグコミックスピリッツ』に楳図かずお『14歳』が連載された。近未来の地球が舞台である。人類は遺伝子の組替えによって、もっぱら人間の食糧となることだけを目的にした生物をつくりあげた。主人公は、人工的につくられたササミ肉から突然変異した、自らを「チキン・ジョージ」と名乗る怪人だ。チキン・ジョージは、地球上から絶滅しつつある動物たちの「意志なき意志」によって、人間に復讐するために生まれた、と出自を説明する。『ビッグコミックスピリッツ』には、楳図かずお『14歳』の連載とほぼ並行して、1989年から1994年まで、吉田戦車『伝染るんです。』も連載されていた。そこでは、エイズも感染もモティーフになっていない。「伝染る」という語の響きだけが伝染った。

『パラサイト・イヴ』

新一は寄生獣というパラサイトとの壮絶な戦いのすえに、パラサイトとの共存が不可避であることを認識した。『寄生獣』が完結した1年後の１９９５年に刊行された瀬名

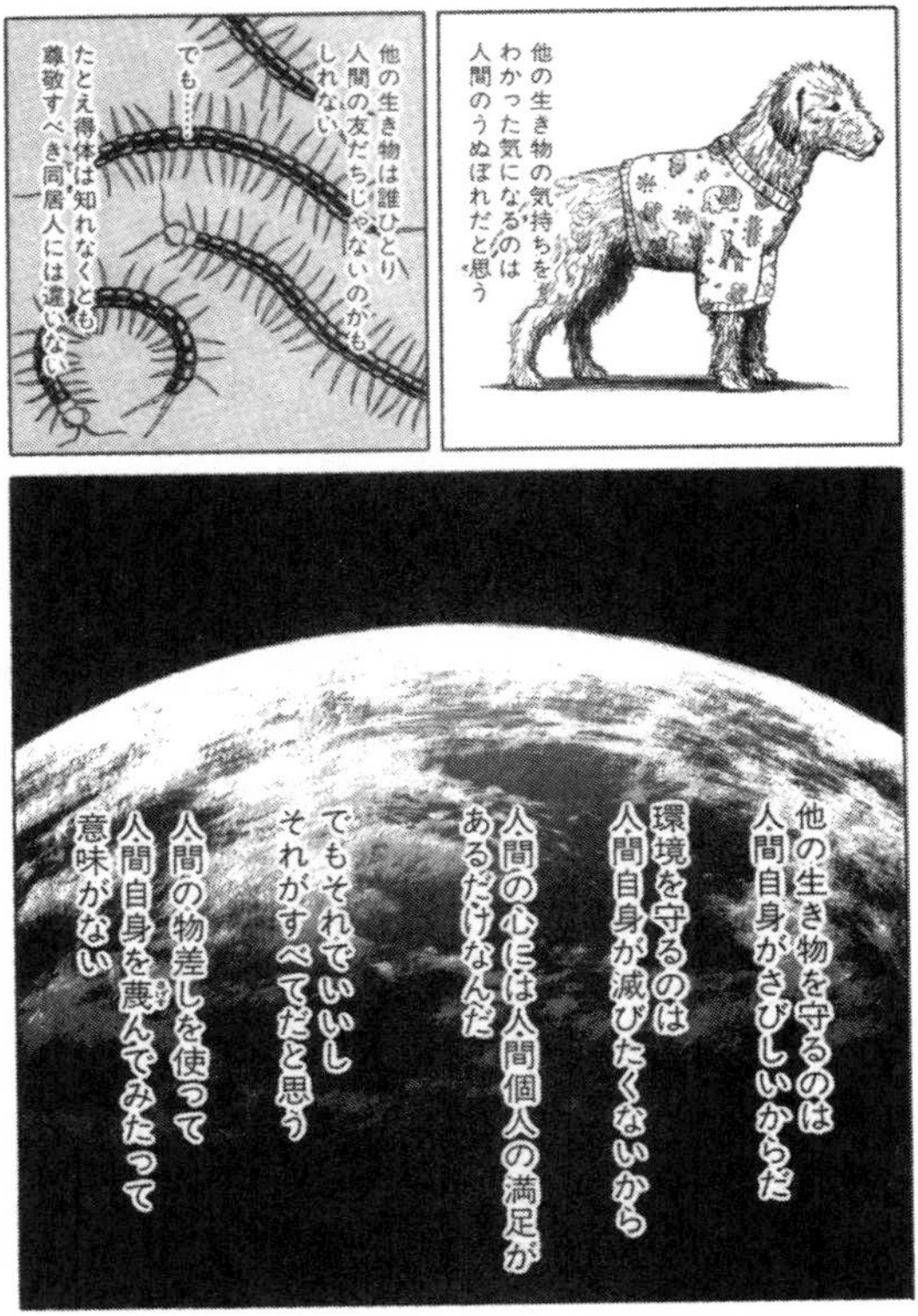

図１　『寄生獣』より©岩明均／講談社

秀明『パラサイト・イヴ』では、逆に、共存していたはずの他者が反乱を起こす。エイズは細部で言及されるだけだが、[3] エイズをめぐる表象が含意していた、他者への恐怖と自己の領分への侵犯という二つの意味が、共生の可能性という問題でむすびあわされることになる。

畑中正一は、１９８８年におこなわれた中村雄二郎との対談において、エイズウイルスがヒトの「自己の中に入り込んで、しかも数年以上じっとしたままでいることができる」ことを指摘する。畑中は、マウスやネコがエイズウイルスに似たものを体内にかかえていながら病気を起こさないことから、ヒトの身体のなかでエイズウイルスを「何らかの形で自分のものにしてしまい、他所者だと分からなくしてしまえば、ヘンなことを起こさないんじゃないかという方向を示唆している」のかもしれない、と述べ、ミトコンドリアの例を挙げる。[4] ミトコンドリアはもともと生物の細胞の外部に存在する細菌だったというのが定説である。それが、いつしか生物の細胞のなかに棲みつくようになり、一種の共生が始まった。『パラサイト・イヴ』では、ヒトの外部からヒトの身体の内部に他者が侵入するのではなく、ヒトの細胞の内部に棲みついていた他者であるミトコンドリアが、共生のバランスを破って反乱する。

小説は、大学の薬学部に勤務する永島利明の配偶者である聖美が交通事故で死ぬところから始まる。聖美の肝細胞を永島は培養する。「Eve1」と名づけられたその細胞

3　瀬名秀明『パラサイト・イヴ』（角川書店、１９９５）38、１５７頁。以下、引用文の直後の丸括弧内の数字は、このテクストの頁を示す。

4　中村雄二郎、畑中正一「海の底の〈ヴィーナス誕生〉」、『現代思想』１９８８年7月号、２５８－２７１頁。

は、異常なスピードで増殖し、ついにはイヴという生命体を誕生させる。そのプロセスはすべてヒトの内なる他者であるミトコンドリアの戦略だった。ミトコンドリアが聖美の口を借りて、この戦略の目的を漏らしてしまう場面がある。聖美は永島と結婚する前、友達にさそわれて、永島の指導教授である石原による公開講演を聴いたことがあった。「ミトコンドリアとの共生—細胞社会の進化—」(158)が、その講演の題目だ。その講演をサポートしていたのが永島だった。これがきっかけとなって二人は結婚する。結婚したあと、聖美は再び、夫である永島がスライドの撮影係をつとめる石原の講演を聴くことになる。石原の講演は、「わたしたちの体の中には、たくさんの寄生虫が住んでいます」(245)、という言葉から始まる。ヒトの身体は単一ではなく、寄生虫のみならず、ミトコンドリアのような古来の他者によっても構成される複合体である、というのが石原の講演の主要なテーゼだ。講演が終わり、質問のだんになると、聖美が挙手をする。しかし質問する聖美自身も、自分が口にする言葉の内容を理解することができない。彼女の内なる他者であるミトコンドリアが語っているのだ。彼女は発言の最後に、「**寄生虫であるミトコンドリアが宿主を奴隷化するとは考えられませんか**」(247)、と問いかける。聖美の口をかりたミトコンドリアは、かろうじて修辞疑問につつみこんではいるものの、みずからの戦略を打ち明けてしまう。小説は、永島の教え子だった浅倉が、残されていた細胞からミトコンドリアが再び反乱しないように、細胞を加圧滅菌器にかけて殺すところで終わる。ヒトがミクロな他者たちを排除することはできないように、内なる他者がヒトに反乱することも否定される。身体的には共生こそが初期設定なのだから。

『夏の災厄』

『寄生獣』ではヒトの身体が外部の他者にたいして開かれてしまうことによる恐怖が、『パラサイト・イヴ』ではヒトの身体がその内部に他者を宿していることによる恐怖が描かれた。前者では、共生と区別された共存のありようが、後者では、他者と共生する身体のありようが確認された。『パラサイト・イヴ』の一月前、１９９５年3月に刊行された篠田節子『夏の災厄』は、この二つの作品とは異なり、リアリスティックな状況下での感染への恐怖を描く。しかも、一人の身体の内部ではなく、人々のつながりに焦点が合わせられる。

悪性の新型脳炎が郊外の町を襲う。ウイルスの感染が拡大し、住民たちのみならず、役所の職員、医師たちが混乱する。さらなる混乱を避けるために、人々には正確な情報が与えられない。恐怖や楽観が情報にバイアスをかけ、不正確な情報が次々にひろまり、インフォデミックが開始する。その一方で、住民たちは、同じ町に住んでいるにもかかわらず、お互いに孤立している。保健センターの職員は正確な情報である「お知らせ」

を住民に伝えようとするのだが、うまくいかない。

町内の各所に、自治会や市役所のお知らせ板があるが、我が町という意識のない住民は、もとよりそうしたお知らせ板など見ない。［…］またニュータウンのどこの家も、塀をしっかり巡らせ、門にインターホンが付けてあって、近所の人間も含めた「親しくない者」は、玄関どころか家の敷地にも入れないようになっている。中には、表札も出さず人が住んでいないと思われている家もあるし、煩わしさを嫌い、自治会に入らない者、入ったにしても名簿に名前を掲載するのを拒む者もかなりあった。そうした要塞のような家の中には「お知らせ」は入りこめない。▼5

住民相互の交流が欠けており、家々は「要塞」のようにしっかりと防備されている。表向きは同一のコミュニティに属しているにもかかわらず、住民たちは共生してはいない。つながってはいない。だが、外部から自己を遮蔽することができるというのは幻想だ。人間と人間とのつながりは欠けていても、ウイルスを媒介する蚊にとって、「要塞」はないにひとしい。ウイルスは人々をつなげる。しかも、ウイルスのシステムは、そのメンバーが利害への私的な配慮から自由になっていない役所のシステムとは異なり、合理的だ。ウイルスは自己複製しつづけるという唯一の目的のために、そのつどの環境に

5　篠田節子『夏の災厄』（毎日新聞社、１９９５）２０４頁。

応じて、すばやくフレキシブルに感染のシステムを変異させるからだ。

エイズとの共生

『パラサイト・イヴ』と『夏の災厄』はすでに述べたように1995年に発売された。ミクロなレベルであれ、コミュニティというレベルであれ、共存はそのまま美しいこととして賛美されてはいない。しかし、その2年ほど前からマスメディアでは、共存ならぬ共生の必要性を説く言説が表立っていた。『朝日新聞』、『日本経済新聞』、『毎日新聞』、『読売新聞』のデータベースで、「エイズ」と「共生」をAND検索すると、1992年から1994年にかけてヒット数が目だって増加している。1990年は『朝日新聞』だけ3件のヒットで、あとの3紙はゼロだ。これは、あくまでも単語での検索であって目安にしかならない。見出しをいくつか列挙してみる。「「共生」に視点を移しはじめたエイズ報道」(『朝日新聞』1992年12月3日、夕刊)、「エイズ、隔離から共生へ　ある自殺が迫る反省点」(『読売新聞』1992年11月12日朝刊)、「正しく理解し共生を　差別生む恐怖心、感染者支援を　エイズ国際シンポ」(『読売新聞』1993年3月26日朝刊)、「8月の国際会議の舞台、横浜で――女性、「エイズと共生」啓発」(『日本経済新聞』1994年6月4日夕刊)、「エイズに思う　共に生きる時代に」(『朝日新聞』1995年12

月19日朝刊)。家田荘子による小説『私を抱いてそしてキスして』が発行されたのが1990年、それが映画化されたのが1992年だったことも、エイズがもっぱら恐怖の対象として感じられたフェイズが、エイズ感染者やエイズ患者への共感のフェイズに移行する変化を後押ししたのかもしれない。

『別冊宝島』は1987年にはまだ、「エイズ現象」を「文化人類学」的に解読していたが、1993年には『別冊宝島:エイズを生きる本』が出版され、その裏表紙には、「エイズからの〈知〉の贈りもの」に代わって、「HIV(エイズ・ウイルス)と共存しつつ感染者とともにエイズ時代を生きていくライフスタイルのすべて!」、という二重の共生を指示するコピーが浮かびあがる。ここでは、血友病者とゲイのHIV感染が同等に扱われていることも特徴的だ。竹田恵子は、1988年の『朝日新聞』の記事を例に挙げながら、当時、ゲイとは対照的に血友病患者にたいしては「比較的良いイメージ」があり、「新聞各紙による血友病者のHIV感染者/AIDS患者の語られ方は「無垢な被害者」という論調が中心である」[6]、と指摘しているが、1990年代には、両者は区別されなくなる。『文藝春秋』1993年6月号に掲載された吉岡忍「エイズと「共生」する法」[7]では、ゲイのエイズ患者の日常が紹介され、タイトルが示すとおり、共生が説かれている。

HIVとヒトとの共生も、この頃から積極的に論じられるようになる。『週刊読売』

6 武田恵子「日本におけるHIV/AIDSの言説と古橋悌二の〈手紙〉」、『人間文化創成科学論叢』第12巻(2010)、47頁。

7 吉岡忍「エイズと「共生」する法」、『文藝春秋』1993年6月、362−371頁。

1993年2月28日号は「エイズは怖くない！」という特集を組んでいる。そこに、当時、東京医科歯科大学の教授であり、のちに国立感染症研究所エイズ研究センターのセンター長もつとめることになる山本直樹による、「やがてＨＩＶは「共生」への道をたどる」と題された談話が掲載されている。山本は、「昨今、エイズ患者や感染者との社会の中での共生が叫ばれていますが、個体の中においても同様なのです」、と述べたあと、ウイルスとの「共生」の可能性について次のように説明する。

治療薬開発のカベとなってきたエイズウイルスの激しい「変異性」は、皮肉にも共生への手段になるのです。変異が多ければ多いほど、潜伏期の長い、弱毒性のウイルスが出現するチャンスが増えるからです。[8]

共生についての同趣の説明は、1995年には、「ウイルスの世紀」[9]と題された多田富雄と畑中正一による対談にも、1996年には、速水正憲「さすらうエイズウイルス——生き残り戦略としての「多様性」と「共生」[10]」というエッセイにも、見てとることができる。

8　山本直樹（談）「やがてＨＩＶは「共生」への道をたどる」、『週刊読売』1993年2月28日、23頁。

9　多田富雄、畑中正一「ウイルスの世紀」、『現代思想　特集：ウイルス——生命と非生命』1995年8月、46－66頁。

10　速水正憲「さすらうエイズウイルス——生き残り戦略としての「多様性」と「共生」」、『創造の世界』1996年8月、6－26頁。速水はこのエッセイの結びで、共生を、「ウイルスと細胞の共生」、「ウイルスと個体との共生」、「ウイルスと人類との共生」、「感染した人との共生」という4つのレベルに分けている。

寄生虫との共生

このような内なる他者としてのＨＩＶとのありうべき共生が説かれるのと並行して、ウイルスではなく、ミクロな他者としての寄生虫との共生も話題になる。１９９３年、目黒寄生虫館は新館が完成したことをきっかけにリニューアルオープンした。１９９３年5月19日『朝日新聞』朝刊によれば、それをきっかけにして、目黒寄生虫館は若者たちにとって「変わったデートコース」になった。１９９４年には館長の亀谷了が書いた『寄生虫館物語――可愛く奇妙な虫たちの暮らし』が出版された。その冒頭で亀谷は、動物の生活を「自由生活」、「共生生活」、「寄生生活」に区別している。人間は「自由生活」を、たとえばヤドカリイソギンチャクとオニヤドカリは「共生生活」をおくっているのにたいし、「寄生生活」では、「二種類の動物が共に生活しているが、一方は他方にすっかりよりかかり、食も住もまかせきりにしてしまい、何も宿主《しゅくしゅ》（寄生する動物）にお返しをしない」▼11。ただし、寄生虫と宿主のあいだには「（共存していく）うえでのルールが確立している」（16）、と亀谷は考える。「寄生虫と闘い滅ぼすことは、自然の流れに逆らうことなのではないか。寄生虫も人間も、地球という美しい星に共存している仲間といえるだろう。尊い生態系の運行にはいつも従わなければならない」▼12（235）、という自戒の念で全編が結ばれる。

11　亀谷了が書いた『寄生虫館物語――可愛く奇妙な虫たちの暮らし』（文藝春秋、１９９４）14－15頁。以下、引用文の直後の丸括弧内の数字は、このテクストの頁を示す。

12　『寄生虫館物語――可愛く奇妙な虫たちの暮らし』が発行された１９９４年には、第40回青少年読書感想文県コンクール（兵庫県）が開催された。そこでは、中学校3年生によるこの本についての感想文も知事賞を獲得した。その一節を引用しよう。「人間は、つい人間中心で物事を考え、人間の都合の良いようにことを運びがちですが、人間自体が宿主である地球にはりついている寄生虫ではないでしょうか。宿主に害を与え、いえ、宿主を滅ぼしてしまう寄生虫であれば、人間もだれかの手によって駆除される立場にあるのではないかと考えてしまいます」（「第40回青少年読書感想文この年、寄生虫も実は人間と「共生生活」をしているのではないか、と思わせる本が出版された。藤田紘一郎『笑うカイチュウ――寄生虫博士奮闘記』だ。藤田は、20数年間に、ヒトの花粉症が10倍も増加していることと、寄生虫感染率が70%から0・2%にまで減少していることから、「寄生虫病にかかっているヒトは、花粉症やアトピー性皮膚炎にはならない」[13]、という仮説を導きだした。[14] 後述するように、ヒトの体内に棲むミクロの他者たちこそが、ヒトの健康状態を支えているという発想は、21世紀に入ってブレイクすることになる。

ウイルスによって拡張される自己

寄生虫は、亀谷にとって「可愛く」、藤田から見れば「笑う」。体内の他者たちはもはや攻撃的ではないし、ヒトと単に共存するだけでなく、ヒトと相利共生しているのかもしれない、と予感されるようになる。古橋悌二は、１９９２年10月11日づけの友人たちに宛てた手紙のなかで、ＨＩＶとの共生にとどまらず、ＨＩＶへの友愛を口にする。

VIRUSが知らない間に私の中に入ってきて私の細胞と共存しているように、あなたも私の細胞と共存しているのです。友人とはそういうもの、そしてVIRUSは私

全国コンクール出品作品紹介４兵庫」、『毎日新聞』１９９４年12月17日地方版、兵庫)。『寄生獣』はこの年に連載が終わった。

13　藤田紘一郎『笑うカイチュウ――寄生虫博士奮闘記』(講談社、１９９４)45頁。

14　藤田は『獅子身中のサナダ虫』(講談社、１９９９)では、体内のサナダ虫によってアトピー性皮膚炎が消えた実例だけでなく、自分自身、体内にサナダ虫を飼っていた体験を紹介している。

を殺してしまうかもしれないもっとも情熱的な友人なのです。[15]

『メモランダム　古橋悌二』に収録されたこの手紙には、「古橋悌二の新しい人生――LIFE WITH VIRUS――ＨＩＶ感染発表を祝って」、というタイトルがつけられている。忌まわしきＨＩＶが「もっとも情熱的な友人」になる。それに感染してしまったことが喜ばしい出来事になる。『Ｓ／Ｎ』を当時のコンテクストに置いてみると、古橋の言葉は、アイロニカルに、あるいはマゾヒスティックに理解するのではなく、字義通りに読まなければならないことが明らかになるはずだ。

『Ｓ／Ｎ』のプロジェクトは古橋がＨＩＶの感染を公表した１９９２年に開始し、パフォーマンスの初演は１９９４年だった。１９９３年４月におこなわれたインタビューで、古橋は自らの身体の免疫システムの機能不全について次のように述べている。

免疫が落ちるというのは、ありのままというかどんどん裸になっていく気がします。防備がどんどんとれていきます。何か内側と外側が裏返る感じです。普通人間は免疫機構によって外部との壁を作っている。それがとれてしまうとオープンになってしまう。でも実際痛かったりすると辛いです。体の中に血が流れてる音が聴こえます。調子が悪い時は、ザーッとかサーッとかアニメの効果音のようにウイルスが走

15　ダムタイプ（編）『メモランダム　古橋悌二』（リトルモア、２０００）38頁。以下、引用文の直後の丸括弧内の数字は、このテクストの頁を示す。

り回る音を想像します。本当に元気な時にはすきっととして、何も聴こえないんです。(77)

古橋は先に引用した手紙のなかでも、この経験に言及し、「これは今まで気がつかなかった音で、新しい自分の存在を常に私に覚醒させてくれています」(43)、という言葉で手紙を結んでいる。つねに聞こえていたはずなのに聞こえていなかった血流の音、ノイズとして自動処理されるがゆえに知覚されなかった血流の音を、古橋はエイズに感染したがゆえに聴くことができるようになった。

『S/N』を体験することで、時代に対する受容者のSN比も低くなる。聞こえなかったノイズや見えなかったノイズが、つまりシグナルにならなかったノイズたちが、聞こえたり、見えたりしはじめる。それは必ずしも社会批判にはつながらない。むしろ古橋は、「エイズ芸術のステレオタイプ」、「映画『フィラデルフィア』のような、明白で退屈で政治的に正しいタイプ」(110)に抵抗する。なぜならば、エイズ患者が死ぬことで人々が感動する「悲劇」というフォーマットは、それ自体がすでに市民権を得ている凡庸な「記号」(95)だからだ。そのようなフォーマットでは、HIVを「もっとも情熱的な友人」としたり、免疫機構が低下することで、身体が開き、「今まで気がつかなかった音」が知覚され、それによって、「新しい自分の存在」にめざめたりすることを、望ましい状態として受けとめることは不可能だ。

ミクロの他者とつながるというイメージは、寄生から共存へ、共存から共生へ変転する流れの中で転異し、古橋悌二において、ウイルスによって拡張される自己という、極度にポジティブな表象へとかたちを変えた。同じ頃、このいわば実存的な経験のパフォーマンスからはかなり離れた地点でも、エイズによる免疫機構の崩壊というネガティブな事態から、まったく異なるイメージがふくらんでいった。

3. 転位、そして転移

ホモロジーへの跳躍

古橋悌二がＨＩＶを「もっとも情熱的な友人」と呼んだ前年、ひとりの免疫学者が、エイズを「友」として受け入れなければならない状況の必然性を予告した。１９９１年から『現代思想』誌上で、多田富雄による「免疫の意味論」の連載が始まった。多田による免疫系に関する論考が医学雑誌ではなく人文系の雑誌に掲載されることになったことは、多田がその論考で提起する超《スーパー》システムという概念を理解することができれば、納得がいくだろう。多田は免疫学の知見を、すでに公認されている免疫学の学問的な枠組にとどめずに、その枠組の外に向けて拡張する。

多田は免疫系の働きを詳細に解説したあと、それを一般化して、「超システム」という概念を導入する。「超システム」とは、「変容する「自己」に言及《リファー》しながら自己組織化をしてゆくような動的システム」であり、「マスタープランによって決定された固定したシステム」と区別される。多田が超システムの典型例として挙げるのが脳神経で、「個性や思考様式の成立は、刻印《インプリンティング》というより、超システムの成立と反応として捉えられるであろう」、と説明される。多田はさらに視野を広げる。

超システムの概念は、恐らく、資本主義下での大都市の成立と発展、会社の多角経営組織、あるいは多民族国家の成立などにも適用されると思うが、ここではこれ以上拡大解釈はしない[1]。

多田はここではまだ、「拡大解釈」の可能性を予感しつつ、その手前で立ち止まっている。しかし、連載の第7回でエイズが論じられるだんになると、「拡大解釈」の扉が開く。人類がエイズを「友」として受け入れざるをえなくなった、という多田の発言はこの第7回のテクストに含まれている。多田によれば、免疫系という超システムを保持していた「自己」が、エイズウイルスに侵入されることによって自己矛盾に陥り、「自己」の同一性が崩壊する。第7回のテクストがめざすのは、このことの「文化的な意味」を考察することである。

エイズが不可避的に「自己」の一部となり、運命的にその「自己」は破壊されるのだとしたら、エイズは明らかに文化の領域に入り込む。ペストが中世の文化に影を落としたように、エイズ文化と呼ぶべき文化が生まれるかもしれない[2]。

「エイズ文化」とは、ヒトが短命になることによって作られる社会のことらしいが、多田は「エイズ文化」の到来を危惧するだけで、その内実については論及していない。た

1　多田富雄「免疫の意味論　第5回　超システムとしての免疫——自己の成立機構」、『現代思想』1991年5月、36－38頁。

2　多田富雄「免疫の意味論　第7回　エイズと文化——RNAウイルス遺伝子の謀略」、『現代思想』1991年7月、33頁。

だ、エイズをめぐる表象が、柄谷や浅田の場合と同じように、多田の思考を刺戟したことは間違いない。このあと多田は、ヒトの個体の免疫系から言語や都市や組織の構造へと超システムを「拡大解釈」し、「免疫の意味論」を超えて「生命の意味論」を展開することになる。

多田は1991年の時点ではまだ思考の飛躍をためらっていたが、1995年から1996年まで『新潮』に連載された「生命の意味論」の最終章では、さまざまな超システムがシステムへと硬直するプロセスを批判的に記述する。多田はまず、病理学者のウィルヒョウが『細胞病理学』において、人体を「国家」ないし「共同体」とみなし、人体を構成する細胞を、共同体の運営に参加する「市民」と考えたことを引きあいに出す。多田はこのアナロジーを言語や都市や企業にも応用し、それらが超システムとして発展してきたことを指摘する。多田はたとえばバルセロナの都市構成に、「まず単純なもの(住居)の複製に続くその多様化、多様化した機能をもとにした自己組織化と適応、内部および外部環境からの情報に基づく自己変革と拡大再生産等、いずれも高次の生命システムがもっている属性と共通」[3]していることを観察する。

多田によるこのような観察の眼差しは、観察主体である多田自身が所属する「共同体」にもそそがれることになる。多田によれば、大学もまた、「多様化と複雑化を進めながらも、常に全体性を保った超《スーパー》システムとして成立してきた」(230)。日本の国立大

3　多田富雄『生命の意味論』(新潮社、1997)226頁。以下、引用文の直後の丸括弧内の数字は、このテクストの頁を示す。

学は当初は国家主義的な目的のために設立されたが、第二次世界大戦以降は、それぞれの大学が超システムとして独自性を発揮するようになった。しかし、文部省が当時進めていた「大学改革」はむしろ、個々の大学が超システムとしての独自性を放棄する方向に働いた。多田自身は明示的に自認することはないが、多田の大学批判は、「拡大解釈」を恐れない、多田の越境的な言説の在り方そのものをも正当化している、と読むことができる。

このことは、大学批判に続く宗教批判からも推測できる。多田が『新潮』に「生命の意味論」を連載していたのとほぼ時を同じくして、オウム真理教による同時多発無差別テロが起こった。いわゆる「地下鉄サリン事件」である。多田によれば、宗教団体も当初は超システムとして発展していく。しかしながら、オウム真理教という教団はじょじょに外部にたいして閉じ、超システムであることをやめた。

それが崩壊するのは、最近の宗教犯罪で明らかなように、情報の排除によるのではないだろうか。外部からの情報を取り入れることを阻み、自分で作り出した情報だけで動くようになった時、超《スーパー》システムは必然的に崩壊する。(234)

専門分野という知のシステムもまた、「外部からの情報を取り入れることを阻み、自分で作り出した情報だけで動く」ようになると、硬直化してしまう。多田はみずから、免疫系の観察から導き出された超システムという概念を駆使して、言語、都市、組織などを分析するこの論考を、「異端的な試み」(237)と呼んでいる。「あとがき」では、自分の「直接の専門ではない」研究のみならず、「文化現象や社会現象」にも言及したが、そのような「異分野の研究を眺めることでどんなに刺激を受けたかわからない」[4](242-243)、と打ち明けている。多田はいわば自分の身をもって、いや自分の思考をもって、超システムを体現しようとした。

多田の方法をひとことで特徴づけるとすれば、アナロジーだ。「免疫の意味論」の連載が終わったあと、多田は中村雄二郎と対談した。アナロジーはそれを方法として自覚し、発見的に使用するならば有益だが、安易に使うと、アナロジーにとどまらずにホモロジーを認めることになる、という中村の批判にたいして、多田は、分子レベルでは、脳の機能と免疫の機能のあいだにはホモロジーが成り立つ、と返している。

> 実際にそうやって見ますと、どうも生物というのはそれほどたくさんのプリンシプルを作り出したわけではなく、割と似たようなプリンシプルを、違った領域で使っているのかもしれないという気もしています。[5]

4　河合隼雄は多田富雄との対談のなかで、多田の超システム論に賛同したうえで、「固いシステムをもっていないものは学問ではない、科学ではないと批判されるわけです」、と述べている。河合隼雄、多田富雄「自己・エイズ・男と女」、『新潮』1994年4月、213頁。

5　多田富雄、中村雄二郎「フィールドとしての「自己」」、『現代思想』1992年3月、39頁。

私はすでに、本書の第1章で「表象の転異」という言い方をした。それは、エイズをめぐる表象が他の領域にスピンアウトし、二つの領域がつながることで、表象が価値転換することを意味した。免疫系の研究からエイズを探究するようになった多田は、免疫学という既存の学問領域を離れ、生物から言語、都市、組織に至るまで同じ「プリンシプル」を観察した。表象が転異するだけでなく、表象をきっかけにして認識のレベルが変わったのだ。「転位」が起こった。

感染メディアの突然変異

多田は超システムをさまざまな文化現象や社会現象に観察した。専門領域を垂直に離陸し、俯瞰的な視点をとることが、転位を可能にした。多田が離陸しつつあった１９９０年代前半、ウイルスのイメージがメディア間で転移した。メディア間での転移とは、まずは、表現媒体が別のものに換わること、たとえば小説の映画化と理解することができる。１９９５年に発表された小説『パラサイト・イヴ』は、２年後には映画化され、３年後にはプレイステーション用のゲームとなった。小説『パラサイト・イヴ』そのものにも、他のメディアが先行している。作者である瀬名秀明は、文庫版の最後につけられた「謝辞、及び文庫版における変更点について」のなかで、この作品が坂口尚の

『VERSION』というマンガからインスパイアされた、と告白している。[6] ただし、このようなメディアミックスはすでに1970年代に始まっていた。メディアミックスとして展開される作品の成功例は、「ポケットモンスター」だ。メディアミックスはバイオホラーに限定されない。メディアミックスとは区別されるメディア間の「転移」とは、ウイルスの感染が複数のメディア間の移動として描かれていることをさす。

1991年に刊行された鈴木光司『リング』は、『パラサイト・イヴ』と並んでこの時代のバイオホラーを代表する作品である。『パラサイト・イヴ』と同じように、エイズは周辺的に言及されるもの[7]の、中心的なモティーフにはなっていない。中心的なモティーフはウイルスの感染だが、この小説が打ち出した新機軸はその感染経路の設定だ。狭義のウイルスは、血液などの体液によって運ばれ、鼻や口や性器などを経路として体内に侵入する。『リング』ではビデオテープに収録された映像が感染の媒体になっている。目が経路だ。ビデオテープという物質に手で触れることではなく、収録された映像を見ることで、ウイルスが感染するという設定だ。ある人間が自らの五感を通して録画したその映像を見ると、見た者は「何者かの影がすうっと自分の感覚器官の中に入り込んだ」(108)ことを感じる。感染した瞬間だ。ただしこのウイルス感染による死をまぬかれる方法が一つだけある。そのビデオテープをダビングし、それをまだ見ていない人間にその映像を見せることで、ビデオテープを見せた側の人間は生き延びることができ

6　瀬名秀明『パラサイト・イヴ』(角川ホラー文庫、1996)466頁。『VERSION』は1989年から1991年にかけて『コミックトム』に掲載され、単行本は1991年から1992年にかけて3巻本として発売された。『VERSION』の中心的なモティーフは、「我素」と呼ばれる、半導体シリコンチップに代わる有機物質分子をタンパク質の基板に載せたもので、自己組織化の機能をもっている。人間の脳細胞一個に相当し、知的にも身体的にも高度な自己増殖機能を保持している。「我素」は自由にかたちを変えることができる。「VERSION」というタイトルは、「増殖機能を有し自由に変態可能に新しく〝改訂[バージョン]〟された生き物」という「我素」の特性に由来する。坂口尚『VERSION』(講談社漫画文庫、2000)上巻48頁。

る。ウイルスは生物の細胞ではなく、ビデオテープというメディアに書き込まれる。その映像を見た者が、死の恐怖に駆られ、生き延びようとして、そのビデオテープをダビングし、他の人間に、コピーをうながす映像を見せる。これがウイルスの増殖のメカニズムだ。ここでは宿主が細胞ではなくビデオテープになっている。ウイルスの目的はただ一つ、自己増殖することである。

『リング』ではまだ、エイズ、結核、天然痘、ペストといった狭義の感染症が背景になっていたが、1995年7月に刊行されたその続編である『らせん』では、エラーを含んだビデオテープが突然変異を起こし、ダビングされるうちに進化して、別のメディアに生まれ変わる。増殖するのはビデオテープという物質ではなく、「テープやDNAに刻まれた情報[8]」であることが明らかになる。ウイルスは変異しながら時間軸のなかを延々とつながっていく。情報を運ぶことができるならば、メディアはなんでもいい。作者の鈴木光司は1995年7月以前のメディア環境のなかで、ビデオテープに代わるメディアとして書物を選んだ。ビデオテープの情報は『リング』という本にコピーされる。これはしかし、単なるメディアの交替ではない。

最初に誕生した魔のビデオテープは一本だけだ。ダビングしたとしても、一本ずつ増えてゆくに過ぎない。ところが、出版となると数字は桁違《けたちが》いに大きい。最低でも

7　鈴木光司『リング』(角川書店、1991)29、91頁。以下、引用文の直後の丸括弧内の数字は、このテクストの頁を示す。

8　鈴木光司『らせん』(角川書店、1995)272頁。以下、引用文の直後の丸括弧内の数字は、このテクストの頁を示す。

一万、へたをすれば数十万数百万単位にまで膨れ上がる。同時多発的にそれだけのものが全国にばらまかれるのだ。(326)

情報をのせることさえできれば、伝達の手段はビデオテープや書物に限定されない。ウイルスの目的は自らの複製をつくって自己増殖することだから、増殖の効率がよければそれにこしたことはない。『らせん』という小説のなかで、その前編だった『リング』という小説の増刷が100万部を超えたこと、さらにはそれが映画化されることになったことが報告される。[9] メディアは、ビデオテープや書物や映画にとどまらない。

『リング』が滅ぼされたとしても、リングウィルスに感染した人間の手により、メディアは変貌を遂げる。ビデオテープが本という形態に変異したようにな。音楽、ゲームソフト、パソコンネットワーク、どんなところでも侵入可能だ。(367)

2021年の読者である私たちからすれば当然言及されてよいはずのメディアが、ここにはまだ欠けている。繰り返しいえば、『らせん』が刊行されたのは、1995年の7月だった。日本においてインターネットが一般の人々のあいだで普及するのは、1995年の年末からのことだ。

9 実際、『リング』は1998年に映画化された。

当事者となる傍観者

1991年に実際に発行された『リング』という小説が、1995年に実際に発行された同じ作者による『らせん』という小説のなかで言及され、言及されるばかりではなく、主要なモティーフの一つとなり、さらには、のちに実現することになる『リング』の映画化までが、『らせん』という小説のなかで予告されるという構図に着眼すると、『らせん』をいわゆるメタフィクションとして分類することができるかもしれない。ウイルスを感染させるメディアであるビデオテープの正体をつきとめた安藤が、自分も感染しているのではないかと不安になる心境が次のように記述されている。

傍観者であった者が、当事者の立場へと追いやられてしまった。魔のビデオテープは全てこの世から姿を消し、自分たちはその映像を見なかったのだから、災厄に見舞われることはないはずだった。ところが、『リング』と題されたレポートは、風景と人物を正確かつ客観的に描写している。エイズ患者を診察する医師の立場で接していたにもかかわらず、エイズウィルスがこれまでに判明していない経路で侵入してきたようなものだ。(304)

ここでは、「エイズ」という感染症名に、たとえば「結核」を代入することも可能だろう。それにもかかわらずエイズが選ばれたのは、もちろん1990年代の前半は、まだ、感染症といえばエイズが思い浮かぶ時代だったから、という理由に加えて、エイズが免疫系をこわし、内部と外部の壁を破る病だったからだ、と解釈することもできる。観察する主体と観察される対象との一方的な関係も、フィクションと事実との截然とした区別も、機能不全を起こす。

『らせん』というフィクションの外部に出てみよう。『らせん』は1997年に文庫化された。小説本体には、作者鈴木による「単行本あとがき」、石黒達昌による「医者が見た『らせん』」、大森望による「解説」という三つのテクストが付けられている。石黒は1994年、つまり『らせん』が刊行される前年、『海燕』誌上に、「平成3年5月2日、後天性免疫不全症候群にて急逝された明寺伸彦博士、並びに、」、というタイトルの作品を発表した。テクストは、絶滅の危機に瀕している2匹のハネネズミを研究する2人の研究者に関するレポートという体裁をとっている。2匹のハネネズミのつがいが死んだあと、メスの体内から胎児らしきものが現れるが、明寺博士は動機を明らかにしないまま、その胎児の上から重いハサミを落として、胎児を殺す。この行為との因果関係は明らかにされないまま、明寺博士がそのあとエイズによって急逝したことが報告される。その1年半ほどのちに、もう一人の研究者である榊原博士も筋萎縮症側索硬化症で急逝する。バイオホラーならば、ハネネズミたちの死と二人の研究者の死のあいだを、なんらかの説明が媒介するはずだ。だが、明寺博士がなぜエイズで死んだかという理由は説明されておらず、明寺博士がエイズの研究をしていたと手短に触れられるだけだ。エイズ研究に取り組んでいた観察する主体が、観察される対象であるエイズに罹患するという設定に注目してみると、このテクストにも、のちに作者の石黒が解説を書いた『らせん』との共通点が浮き立ってくる。ドキュメンタリーのように読めてしまうこのテクストは、しかしフィクションである[10]。フィクションと事実を分ける境界線もあいまいになる。

　テクストの内側にみてとることができる、観察する主体と観察される対象との相互参照的な関係は、この小説そのものと作者である石黒とのあいだにも確認することができる。当初、『海燕』に掲載されたときは、このテクストにはタイトルがついておらず、作者名は最後の頁につつましく「(石黒達昌)」[11]とだけ記載されていた。１９９４年にはこれに他の二編の短編小説が加わって、単行本として出版された。そのさい、『海燕』版にはなかった「この本を読まれた方へ」というテクストが付加された。そこには、この小説の原稿の不思議な振る舞いを示すエピソードが紹介されている。石黒はこの小説を自らの故郷である北海道の深川市で書いたが、原稿が含まれているフロッピーを東京に持ち帰ってみると、ファイルが消滅していた。ファイルをコピーしておいた数枚のフ

10　石黒はインタビューのなかで、このテクストについて、「従来の小説という形にノンフィクションの手法を」持ち込んだ、と説明している。『東京人』１９９４年９月、１３５頁。

11　『海燕』１９９３年８月、２０２頁。

12　石黒達昌『平成3年5月2日、後天性免疫不全症候群にて急逝された明寺伸彦博士、並びに、』(福武書店、１９９４)74－75頁。「この本を読まれた方へ」には、容易に実在を確信できる何人かの編集者や作家の固

ロッピーからも、同じようにファイルが消えていた。飛行機での検査のさいに破損したのかもしれないが、それでは、北海道に保存しておいたファイルまで消えてしまったことを説明することはできない。石黒はこの事件から、「この文章そのものが自律的な死を望んでいるかのような印象」を受け、「この文章は既に、自己完結を求めて、どこかに向かって歩き出しているように思えてならない」[12]、と記している。観察主体と観察対象、作者とテクストのこのような特殊な関係性を、私はメタフィクションという概念でかたづけてしまうこともできるだろう。だがしかし、そのような、分類しジャンルを確定するという単純な操作は、その関係性を観察している私自身が、その関係性自体との関係において、通常とは異なった思考の道のなかに入り込まないようにするための防衛機制のような気がする。それは避けたい。本書の最後の章で、この樹海めいた思考の道のなかにおそるおそる足を踏み入れるためだ。

有名も挙げられている。したがって、通常ならばこれは、三つのフィクションから切り離された一種のあとがきとみなすことができるだろう。けれども、「平成3年5月2日、後天性免疫不全症候群にて急逝された明寺伸彦博士、並びに、」という小説がノンフィクションの外見をとったフィクションであること、また、他の2編の小説が縦書きなのに、「平成3年5月2日、後天性免疫不全症候群にて急逝された明寺伸彦博士、並びに、」と「この本を読まれた方へ」がともに横書きであることからして、後者もまたフィクションであると推測したい誘惑にかられる。そうすると、このテクストの消滅は、このテクストの「自律的」な行為ではなく、逆に作者である石黒による削除、ないし削除のフィクションかもしれない。ちょうど、明寺博士がハネネズミを死に至らしめたように。

4.　つながることの恍惚と不安と二つわれにあり

脳と脳との無線通信

前章がカバーした時期は1990年代前半で、あえて後半を避けた。インターネットが1995年の後半期に世界的にブレイクしたからである。伊藤穰一は、「人類史はいずれ、インターネットのビフォア／アフターで時代区分されていくだろう」[1]、と予言する。インターネットは、その影響力の強さに関して他のすべてのメディア・テクノロジーを凌駕し、今もなお、つながりを激しく加速している。

1990年代前半では、ヒトがつながる対象としてクローズアップされたのは、HIVをはじめとする、内なるミクロな他者のレベルだったが、インターネットがまだポピュラーではなかったその時代にもすでに、不可視の電気信号で他の人間たちとつながる夢が見られていた。1993年オウム真理教では「パーフェクト・サルヴェーション・イニシエーション」、通称「PSI」というヘッドギアが開発された[2]。麻原彰晃の脳波を、パソコンを通じて「弟子」たちに伝えることで、麻原の脳波と彼らの脳波が同調し、解脱できるというふれこみだった[3]。すでに1995年に浅田彰も指摘しているように[4]、このPSIは、厳格な教育学者ダニエル・ゴットリープ・モーリッツ・シュレーバーが考案したヘッドギアに酷似している（図2）。この教育学者の息子、ダニエル・パウル・シュレーバーは、のちに精神に異常をきたした。彼が残した『シュレーバー回想

1　伊藤穰一（監修）『ネットで進化する人類――ビフォア／アフター・インターネット』（KADOKAWA、2015）9頁。

2　画像は例えば以下のサイトで見ることができる。http://www.asahi.com/special/aum/3keys/gallery/keyword/?=8

3　オウム真理教の元信者らしい「元P師」による『「幻想の崩壊」オウムとはなんだったのか?』というウェブサイトの2010年4月20日の記事（https://ameblo.jp/ommanipemehum/entry-10513597644.html）と「宮崎地方裁判所 平成7年（ワ）497号の1判決」を参照。

4　浅田彰、中沢新一「オウムとは何だったのか」『諸君』1995年8月、48頁。

録――ある神経病者の手記』には、「頭部締め付け機」が彼の頭に「奇蹟」を引き起こしたと書かれているが、これが父親の考案したヘッドギアである。シュレーバーは神の光線が彼に「神経接続」[5]すると考えるが、この「神経接続」を可能にしたメディアの一つが、そのヘッドギアだった。村井翔は、「シュレーバーのこうしたヴィジョンは不思議なリアリティをもって、われわれに迫ってくる」[6]、と述べ、その例として『マトリックス』や『攻殻機動隊』を挙げている。しかしながら、シュレーバーの「神経接続」とこの二つの作品に描かれているつながりは、ある一点において決定的に異なっているように思われる。どの一点か。少し脇道にそれてみる。

１９９６年、根本敬と村崎百郎による共著『電波系』が刊行された。「電波系」というのは、かつて幻聴に分類された症状である。あえて「電波系」というのは、他者からのメッセージが声として聞こえるだけではなく、脳にダイレクトに届くと妄想されるからである。『電波系』という単行本には、『週刊ＳＰＡ』１９９５年11月１日号に掲載された二人の対談から、『イマーゴ』１９９６年２月号に掲載された文章まで、計４編の

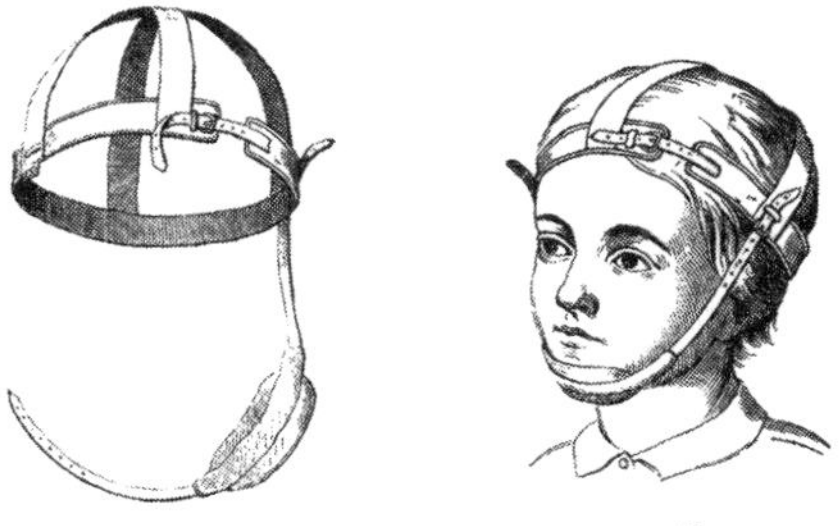

図２　モーリッツ・シュレーバー『カリペディー、あるいは美への教育』より

5　D.P.シュレーバー（尾川浩、金関猛訳／石澤誠一解題）『シュレーバー回想録――ある神経病者の手記』（平凡社ライブラリー、２００２）52頁。

6　村井翔「症例シュレーバー――フロイト再読（９）――」、『早稲田大学大学院文学研究科紀要』（２００１）第２分冊、70頁。スラヴォイ・ジジェクは『マトリックス』に関して、「線《ワイヤ》でつながった宇宙」が精神異常的なのは、それがシュレーバーの神が直接に人間の心を操る神の光線という妄想が実物になったように見えるからだ」と解説している。スラヴォイ・ジジェク「マトリックス、あるいは倒錯の二面」、ウィリアム・アーウィン（編著）（松浦俊輔、小野木明恵訳）『マトリックスの哲学』（白夜書房、２００３）３３８頁。

テクストがおさめられている。１９９５年11月というのは、windows95の日本語版がリリースされた月だ。windows95はそれ以前のwindowsのヴァージョンとは異なり、ウエブにアクセスすることを飛躍的に容易にしたOSだった。これによりインターネットの利用者が急激に増加した。「電波系」がサブカルチャーの表舞台に登場したのも、ちょうどこの時期だった。「電波系」であると自称する村崎は、自分は「ウイルス」として、「歴史のなかでその体をくねらせ移動するだけだ」、と自分の「真の姿と正体」を明かし、「人間の身体は柔らかい機械で、つねに多くの電波や妄想や霊体が取り付き、侵入しようと狙っていることを忘れるな」[7]、と警告を発する。電波を受信する主体は、自ら構築した独自の世界を、そう言ってよければ妄想世界を、手書きのテクストとして発信する。双方向性も確保されている。誰もがシュレーバーになることができる。しかもここでは、父であれ神であれ尊師であれ、命令を発する絶対的な超越者が想定されることは稀である。シュレーバーの「神経接続」やオウム真理教のＰＳＩにおけるつながりと、『マトリックス』や『攻殻機動隊』におけるつながりとの決定的な違いはここにある。

図３　押井守『GHOST IN THE SHELL / 攻殻機動隊』

7　根本敬、村崎百郎『電波系』（太田出版、１９９６）１１４－１１５頁。

押井守の劇場版『GHOST IN THE SHELL／攻殻機動隊』が公開されたのもまた、1995年11月だった。ポスターに描かれた主人公の草薙素子の姿は、1995年以前の感覚からすれば、他者から一方的に操られる受動的な人形のように見えてしまうかもしれない（図3）。だが彼女は、広大なネットのなかを自由に移動することができるし、なによりもこのポスターから見てとることができように、彼女は右手にファロス的な攻撃性を含意する銃をつかんでもいる。絶対的な超越者はすでに去勢されている。だが、草薙素子のヴィジュアル・イメージを1995年と結びつけるのは、短絡かもしれない。なぜならば、劇場版のポスターに描かれたイメージは、アニメの原作である、士郎正宗『攻殻機動隊 THE GHOST IN THE SHELL』というマンガの第1巻の表紙をモデルにしており、こちらはすでに1991年に発表されているからだ。マンガ版の草薙素子はより主体的で攻撃的だ。劇場版のポスターでは、草薙素子の身体に接合され錯綜するケーブルが前景化しており、かつ彼女がファロスを奪取している様子が強調されている。これが1995年のネット状況である。

つながりの伝道

アメリカでwindows95がリリースされたのは、日本よりも3ヵ月ほど早かったが、やはり１９９５年だった。その前年の１９９４年は「情報スーパーハイウェー構想」が話題になった年だった。[8] アメリカ政府の政策と呼応する動きが、ネット・カルチャーにも起こった。１９９４年12月、『全地球カタログ』［Whole Earth Catalog］の最終号が発売された。のちに『全地球カタログ』をスティーブ・ジョブズが「ペーパーバック版のグーグル」[9] と呼ぶことになるのは、書籍メディアが電子メディアにとってかわられる時代の幕開けを象徴するささやかなエピソードだ。それでもまだしばらくの間は、ネットでつながることの布教を担ったのは書籍メディアだった。アメリカでは１９９３年、日本では１９９４年に、『WIRED』が発刊された。つながっていることを標榜するこの雑誌の編集長は、『全地球カタログ』の編集者でもあったケヴィン・ケリーであり、『全地球カタログ』の創刊者であるスチュアート・ブランドも執筆者として名を連ねている。

　ダグラス・ラシュコフ『ブレイク・ウイルスが来た!!』[10] は、ちょうどこの頃に出版された。新しいメディア・テクノロジーがまだ全面的に開花していないがゆえに、逆に、イマジネーションが過剰なまでに刺激されたのだろう、それがもたらすことになるであろう恍惚と不安が、痙攣的な――感電的な？――文体で記述されている。ラシュコフは、「メディア・ウイルス」という言葉を自分はメタファーとして用いているのではない、と宣言する。「メディア上の出来事はウイルスのようなものではなく、まさにウイルスそのものだ」（14）からだ。ラシュコフはドーキンスの「ミーム」という概念をこ

8　“Virtual Community”という語を造ったと言われているハワード・ラインゴールドは、１９９３年に刊行された“The Virtual Community”の邦訳（会津泉訳）『バーチャル・コミュニティ――コンピューター・ネットワークが創る新しい社会』（三田出版会、１９９５）の冒頭に置かれた「日本の読者のみなさんへ」のなかで、１９９３年の秋には、マスコミで「情報スーパーハイウェー」騒ぎが始まっており、１９９４年のはじめにそれは「マス文化全体に溢れていた」と述べている（４頁）。

9　Stanford NEWS. https://news.stanford.edu/2005/06/14/jobs-061505/

10　ダグラス・ラシュコフ（日暮雅通、下野隆生訳）『ブレイク・ウイルスが来た!!』（ジャストシステム、１９９７）。以

の文脈に早々と導入することで、このウイルスの目的が、「自らのコードを可能な限り——細胞から細胞へ、生命体から生命体へと——広めること」(15)だと説明する。ラシュコフはサイエンスフィクションの「ジン」と呼ばれる小冊子をとりあげる。「ジン」[zine]とは「ファンジン」[fanzine]に由来する新語で、サブカルチャーの特定の小さなグループに属するアマチュアのメンバーが、「オーバーグラウンド・メディア」に対抗して制作する、発行部数が少ない冊子をさす。

主流メディアは進化上の袋小路である恐竜になぞらえられ、その一方で、激しい突然変異やエロス、実験がジンの大海の中で起きている。作り手も読者も、激しいミームの狂乱としてジンを体験する。それは、コンドームをつけない「概念のフリーセックス」である。もっともこの場合、予期せぬ妊娠やウイルスの感染こそが、望ましい結果なのだ。(247)

日本でもジンは紙ベースからウェブベースへと媒体を変えていくことになる。たとえば、『bewitched!』というジンを運営していた野中ももは、1996年に、これをウェブ上で公開することにしたと語っている。[11] windows95によってインターネットへのアクセスが容易になり、インターネットへのアクセス数が右肩上がりに急上昇していくその前

下、引用文の直後の丸括弧内の数字は、このテクストの頁を示す。なお、原題は、“Media Virus!: Hidden Agendas in Popular Culture”, New York: Ballantine Books, 1994.

11 ばるぼら『教科書には載らないニッポンのインターネットの歴史教科書』(翔泳社、2005)54頁。

夜、つながることへの欲望はいわば飽和状態に達していたと言ってもいいだろう。その後、インターネットがつながることへの欲望を十全に満たしてくれたことは、詳述する必要はない。インターネットは、それ以前にパソコン通信を使用していたユーザーのみならず、それまでパーソナルコンピュータに興味がなかった人々までも惹きよせた。立花隆は1996年のはじめにおこなわれた村井純との対談で、「インターネットは一度体験すると、たちまち伝道者になります[12]」、と述べている。人々はインターネットがもたらした多幸感に動かされ、インターネットのみならず、インターネットをめぐる話題でつながった。

12 立花隆『インターネット探検』（講談社、1996）112頁。この対談は最初、『週刊現代』1996年1月20日号に掲載された。

ウイルスとしての人間

その一方で、この多幸感は、インターネットに対する不安感と表裏一体だった。この不安は、1990年代初頭に登場したバイオホラーというフォーマットにうまく接続することができた。『リング』にせよ、『パラサイト・イヴ』にせよ、ミクロな他者たちがヒトを襲った。インターネットでは、他者は必ずしもミクロである必要はない。他者はミクロではないが不可視だ。しかも、身体だけでなく、思考や感情や感覚も感染の経路になる。感染経路が増えただけではない。人間をめぐる表象そのものが変わっていくことなる。

『未確認尾行物体』では主人公のルチアーノにＨＩＶが、『リング』では山村貞子にリングウイルスが仮託され、『パラサイト・イヴ』ではミトコンドリアが擬人化される。１９９４年に刊行された村上龍『五分後の世界』と、１９９６年に刊行されたその続編である村上龍『ヒュウガ・ウイルス――五分後の世界Ⅱ』では、ウイルスと戦う人間である兵士たちがウイルスと同じ原理で行動する。特殊部隊の最高責任者であるオクヤマは、戦闘の方針を、「われわれはレトロウイルスのように救出作戦を遂行する」、と簡潔に説明する。「ウイルスを擬人化してはいけない、しかし、その逆は有効だ、焦点が簡潔になる[13]」、というのがその理由だ。「擬人化」するということは、ウイルスに自己意識を想定するということだ。人間が、ためらったり悩んだり、ときに自己相対化したりするのは、人間に自己意識があるからだ。それによって「焦点」が定まらなくなる。戦闘に勝利するためには、行動を徹底的に効率化させなければならない。彼らの行動原理はシンプルだ。特殊部隊に同行するコウリーは、凄惨な戦闘の現場をまのあたりしたとき、「ウイルスには悪意がない」(176)、というオクヤマの言葉を思い出す。自己意識をもたず、悪意にも善意にも動かされないウイルスの原理こそ、人間が危機を乗り越えるために求められる。

このことは、小説の内部に描かれる兵士たちの行動だけに限定されない。小説を書く

13　村上龍『ヒュウガ・ウイルス――五分後の世界Ⅱ』（幻冬舎、１９９６）48頁。以下、引用文の直後の丸括弧内の数字は、このテクストの頁を示す。

作家の眼差しもまた、いわばウイルスと同じようにならなければならない。村上は「あとがき」のなかで、「ウイルスや細胞器官を擬人化してアニミズムに堕することは絶対に避けたかった。／アニミズムは知と想像力の最大の敵だ」(234)、と述べている。観察される対象が、人間であれ、ウイルスであれ、細胞であれ、他の事物であれ、観察主体である人間の思考や感情や感覚を観察対象に置き入れてしまうことを、村上はいましめる。思い切り飛躍していえば、村上の視線は、人間という「布置」は近代の「発明」であって、「知がさらに新しい形態を見いだしさえすれば、早晩消えさる」[14]、という『言葉と物――人文科学の考古学』のあのキャッチフレーズに翻訳することができるだろう。飛躍せずに穏やかにいえば、「人間焦点主義」が批判されている。

人間焦点主義批判、そして人間中心主義批判

村上の小説の2年後、1998年に貴志祐介『天使の囀り』が刊行された。物語の背景となっている時期は、本書がここまでたどってきた歴史的なコンテクストとほぼ一致している。小説の序章は、主人公北島早苗の恋人が1997年1月24日から4月2日のあいだにアマゾンから送信してきた11通のメールから構成されている。主人公は第1章で紹介される。早苗はホスピスに勤務する精神科医だ。彼女が看護している少年の父親

14 ミシェル・フーコー（渡辺一民、佐々木明訳）『言葉と物――人文科学の考古学』（新潮社、1974<1966）22頁。以下、引用文の直後の丸括弧内の数字は、このテクストの頁を示す。

は血友病患者で、1984年にHIVに汚染された非加熱の血液製剤を投与されたため HIV陽性になり、それが母親にも感染してしまった。その後生まれたこの少年もまた HIVに感染したという設定になっている。『天使の囀り』ではHIV以上に、寄生虫が重要な役割を担っている。ブラジル脳線虫と呼ばれるその寄生虫はヒトの脳に棲みつき、恐怖を快感に変えてしまう。[15]

『ヒュウガ・ウイルス——五分後の世界II』は「人間焦点主義」を問題化したが、それへの批判にとどまった。兵士たちは人間が生き延びるために戦うのだから、これは当然だろう。それにたいして、『天使の囀り』は「人間中心主義」批判へと踏み出す。フーコーが、近代の「発明」である「人間」が消えさると考えることは、「何とふかい慰めであり力づけであろうか」(22)、と書いたのにたいして、ブラジル脳線虫に寄生された、早苗の恋人は、「人間の生や死は、大きな自然の循環の中では、ほんの一部に過ぎません。そう思うと、なにやら心が軽くなった気がします」[16]、とメールに記す。『言葉と物——人文科学の考古学』を結ぶあのフレーズ、「人間は波打ちぎわの砂の表情のように消滅するであろう」(409)は、近代の表象の布置において焦点化されていた「人間」という図柄が、文字どおり水泡に帰すだろう、という意味で、「人間焦点主義」の終焉を予告した。これもまた、『天使の囀り』では「人間中心主義」の終焉として記述される。

15　これは、このバイオホラーの外部に出て、本書が設定しているコンテクストからながめてみると、感染症に対する現実の恐怖が、さまざまに形を変えるフィクションの快感へと変異したことに重なる。

16　貴志祐介『天使の囀り』(KADOKAWA、1998)30頁。以下、引用文の直後の丸括弧内の数字は、このテクストの頁を示す。

ですが、人間は、万物の霊長などではなく、霊長目ヒト科の一種である頭の膨れたサルにすぎません。人間の死は、浜辺でイソギンチャクが個体の終焉《しゅうえん》を迎えるのと、何ら変わるところはないのです。／我々はただ、定められた生を生き、そして消滅するだけです。(10)

フーコーが1960年代に認識論の地殻変動として記述したことが、20世紀末の『天使の囀り』では、実感のレベルに着地する。認識は経験になる。

それだけではない。「万物」にたいして人間が保持する特権性は、人間が保持しているはずのメタレベルの観察主体というステータスが相対化されることで、さらに激しく掘り崩される。早苗はシャーレのなかで直立する百頭くらいのブラジル脳線虫を見ているうちに、「彼らもまた、自分を認識しているような気がし始めた」(298)。人間に寄生するブラジル脳線虫が、彼らを観察する主体でもあり、彼らが寄生するターゲットでもある人間を観察する。人間は一方的に見るのではなく、対象から見られてもいる。観察主体は観察対象へと反転する。

コミュニケーション

『天使の囀り』では、宿主である人間を寄生虫が自殺へと向かわせる。2000年に刊行された村上龍『共生虫』[17]では、「共生虫」と呼ばれる寄生虫が、宿主ではなく他の人間への殺意を励起する。主人公のウエハラは家族から離れ、一人で自宅近くのアパートに引きこもっている。ウエハラはかつて祖父を見舞いにいったさいに、祖父の同室者だった老人の鼻から出てきた灰色の細長い虫を目撃した。その虫がウエハラの目から体内に侵入したらしい。ウエハラはこの体験をニュースキャスターのサカガミヨシコのホームページにメッセージとして伝える。サカガミヨシコのホームページには、「寄生虫にしろ細菌にしろウイルスにしろわたしたち人類の知識が及びもつかないところで進化しているはずです[18]」、というコメントがあったので、彼女ならば自分の体験を理解してくれるかもしれないと思ったからだ。ウエハラからのメールには、「インターバイオ」と名乗るグループから返信がよせられる。それによれば、共生虫の排泄物は「特殊な精神異常発現物質」を含んでいるらしく、それによって「暴力願望あるいは殺人願望」(28)が起こるらしい。ウエハラはインターバイオに導かれて、ネット上に保存されたさまざまな文書を耽読する。ウエハラの気分にもっともフィットしたのは、「共生虫は、自ら絶滅をプログラミングした人類の、新しい希望と言える」(74)、という文だ。彼は自分

17 『共生虫』は書き下ろしではなく、単行本に先だって1998年から1999年まで『群像』に連載されていたので、『天使の囀り』と同じ時期だ。

18 村上龍『共生虫』(講談社、2000)7頁。以下、引用文の直後の丸括弧内の数字は、このテクストの頁を示す。

19 村上龍『憂鬱な希望としてのインターネット』(メディアファクトリー、1998)35–36頁。

20 村上龍『ライン』(幻冬舎、1998)200–201頁。以下、引用文の直後の丸括弧内の数字は、このテクストの頁を示す。

を「選ばれた人間」(74) と思い込み、使命を実行するために、引きこもり空間から外に出る。

村上龍は『憂鬱な希望としてのインターネット』において、『限りなく透明に近いブルー』から『共生虫』まで自分が扱ってきたのはコミュニケーションの問題だと述べている。[19] 一見したところ、『共生虫』には狭義のコミュニケーションが欠けている。『共生虫』はウエハラの独白、インターネット上でのやりとり、そこにアップロードされているテクストから構成されている。そこで実現しているコミュニケーションは、いわゆる対話的理性を保持する自立した人間のあいだにおける合意形成をめざすコミュニケーションからは、限りなく遠く離れている。『共生虫』では、作中人物たちがお互いに思っていることが異なっていても、コミュニケーションが成立する。お互いの心中の内容を相互にすりあわせるという過程はない。

1998年に刊行された『ライン』には、電話やビデオのコードを流れる電気信号が聞こえたり見えたりするユウコという女性が登場する。一種のセックス依存症であるユウコは身体のつながりを次のように説明する。

> セックスはわかりやすい。自分が必要とされていることが、また必要としていることがはっきりしていてあっという間に人間の関係ができてしまう。そしてその関係

21　1986年にハイデルベルク大学で開催されたシンポジウムにおいて、ルーマンは「コミュニケーションとは何か?」というタイトルの講演を行った。「これら[行為とコミュニケーション]の概念は通常、主体に関係づけられて使われます。すなわち、それらは、個人とか主体と呼ばれる一人の開始者[Autor]を前提とし、コミュニケーションないし行為はこの開始者に帰すことができます。しかしその場合、主体とか個人という概念は、それ自体においてきわめて複合的な事態にたいする空虚な決まり文句としてしか機能しません。この事態は、心理学の管轄領域にあり、社会学者の関心をさしてひきません。このような概念の布置に疑いをさしはさむならば——私はまさにそうしたいのですが——、行為をしたりコミュニケーションをしたりするのは、結局なんといっても常に人間であり、個

は長続きさせなくてもいい。相手のために努力したり、言葉を考えなくてすむ。[20]

全編を結ぶ最後の文は、「わたしには他人というものがいない」(243)、というユウコの言葉だ。古典的なコミュニケーション概念には不可欠な「他人」が欠如しているコミュニケーション、それは、つながること自体が自己目的化しているコミュニケーションであり、人間ではなくコミュニケーションが主語になるコミュニケーションだ。[21] ちなみに、英語の〝communication〟は「(病気の)伝染」という意味でも使われる。[22]

つながることが自己目的化するというモティーフは、2001年に公開された黒沢清『回路』にも見てとることができる。電子工学を専攻する学生、唐沢春江は、「幽霊に会いたいですか」という不気味なメッセージをパソコンで見てしまった川島亮介にたいして、どうしてインターネットを始めたのか、と問う。明確な答えが見つけることができない亮介に、春江は、「他人とどこかでつながっていたいから?」、とたずねるが、亮介はその問いにもあいまいな返答しかできない。春江は、「ほんとはつながってないよ、人間なんて。コンピュータの点と同じ。一人一人ばらばらに生きてる」[23]、と述べる。人間は黒いシミとなり、シミはさらに多くの黒い点にばらけ、吹き飛んでいく。語りたい内容があり、その語りを振り向けたい特定の相手があって、つながるのではない。つながるためにつながる。インターネットはそのためのうってつけのツールだ。

人であり、主体である、という言い方が、耳にさわるようになるのが普通です。それにたいして私が主張したいのは、コミュニケーションだけがコミュニケーションすることができるのであり、コミュニケーションのそのようなネットワークのなかでこそはじめて、私たちが「行為」という言葉で理解していることが生みだされる、ということなのです」。Niklas Luhmann: Was ist Kommunikation? In: Information Philosophie 1 (1987), S.4.

22　1854年にロンドンで発生したコレラの原因が飲料水にあることを発見したジョン・スノウの論文のタイトルは、〝The mode of communication of cholera〟(コレラの伝染様式について)である。

23　黒沢清『回路』(2001)00.38.29。

5．友達何人できるかな

「いつでも、どこでも、誰でも」

待っていれば、誰かがつながってくれる。いやそればかりか、待っていれば、誰かが愛してくれる。2000年5月5日、世界中にラブレターが飛び交った。「ILOVEYOU」という件名のメールが知人から送られてきたのだ。送信者のなかには、知人にとどまらず受信者がひそかに心を寄せている片思いの相手も含まれていたにちがいない。だが、そんなにうまい話はない。このメールに添付されているファイルを実行すると、メールソフトである「Outlook」に登録されている人々に、同じ内容のメールが自動的に送りつけられた。このウイルス・プログラムは、まもなく逮捕された特定の人間を起源としているが、その人間が最初のメールを送信した直後から、ウイルスの自己増殖が開始した。といっても、ウイルスだけでは自己増殖することは不可能だった。ウイルスが自己増殖するためには、受信者の欲望も不可欠だった。受信者が、他者から愛されることを心ひそかに願っていることが、このウイルスが増殖するための条件だ。受信者の欲望とは、つながりの欲望のことである。

2004年に公開された、総務省による『平成16年版 情報通信白書』の「第1章 特集「世界に拡がるユビキタスネットワーク社会の構築」」では、「いつでも、どこでも、誰でも」というキャッチコピーとともに、ユビキタスネットワークこそ日本がめざすべき社会のインフラであることが謳われた。[1]２００４年は三池崇史『着信アリ』が公開された年でもある。この映画で使われているツールはメールではなく携帯電話だが、死の予告電話の送信先が、被害者の携帯電話に登録されている電話番号から選ばれる点で、「ILOVEYOU」ウイルスとアイデアが似ている。ユビキタス社会では「いつでも、どこでも、誰でも」、期待と不安から解放されることがない社会でもある。

この時期からＳＮＳによって、つながりの欲望がさらに昂進することになる。「いつでも、どこでも、誰でも」つながることができるのだから当然かもしれない。２００４年にはmixiとFacebook、２００６年にはTwitter、２００６年にはニコニコ動画、２０１０年にはInstagram、２０１１年にはLINEとGoogle+が登場した。これらのＳＮＳも、当初はユーザーに多幸感をもたらしながら、じょじょにユーザーが居心地の悪さを感じることになるメディア・テクノロジーである。

つながるためにつながること、つまり、つながりの自己目的化という構造が社会現象や文化現象に通底していることが、いわゆる00年代前半に前景化してきた。北田暁大は２００２年に刊行された『広告都市・東京――その誕生と死』において、「つながりの社会性」と「秩序の社会性」という二つの「社会性」概念を提起している。[2]つながりの自己目的化という構造は、「つながりの社会性」という概念で容易に説明することができる。北田は2ちゃんねるや携帯電話[3]を対象にしていたので、つながりが解釈の枠組

1　『平成16年版 情報通信白書』https://www.soumu.go.jp/johotsusintokei/whitepaper/ja/h16/html/G1000000.html

2　北田暁大『広告都市・東京――その誕生と死』（廣済堂、２００２）１５３頁。

3　2ちゃんねるは1９９９年に開設された。また、総務省による『平成27年版 情報通信白書』によると、「２０００年には携帯電話とＰＨＳの契約数が固定電話サービス（加入電話とＩＳＤＮ）の契約数を抜き、音声サービスの主役となった」。https://www.soumu.go.jp/johotsusintokei/whitepaper/ja/h27/html/nc111220.html

になったのは当然だろう。ここで注目したいのは、2002年の北田の論考に続いて、「つながりの社会性」が解釈の枠組となっている論考があいついで発表されたということである。濱野智史によれば、「つながり」という言葉は若者論やビジネス論のなかで目立つようになってきた。濱野は「つながり」という同じ言葉が、若者論とビジネス論では相反する意味を帯びていることを指摘している。[4] このことは、「つながり」がその内実において実体化しているというよりも、「つながり」という言葉が、あるいはそれが惹起するフワフワしたイメージが、思考を吸引しはじめたということだろう。イメージがフワフワしているがゆえに、そこにさまざまな内実を盛りこむことができる。フワフワしているがゆえに、思考を刺激することができる。フワフワは多産だ。観察される社会現象や文化現象だけでなく、それらを観察し分析し考察するメタレベルの言説にも「つながり」が観察されるようになる。あやうく、「つながりがテンイしている」、と口を滑らせそうになってしまった。今しばらく禁欲しよう。[5]

濱野が指摘するように、「つながりの社会性」という視点から展開される若者論は、若者にたいして批判的である。私も以下で、「つながりの社会性」とほとんど同じような角度から、とくに若者どうしのつながりを見ていくが、まず、「見ていく」その観点を説明しておきたい。

4　「濱野智史の「情報環境研究ノート」」http://archive.wiredvision.co.jp/blog/hamano/200707/200707051000.html

5　本書の着地点を小声で漏らしてしまうと（だから、フォントが小さな註に流しこむのだが）、本書の終わりには、メタレベルは不可能であること、ミイラ取りがミイラになることを示したい。詳細は現時点では書かない。みずからミイラになるためには、ミイラを探し続けるという旅路が大切だからだ。歩き続けることの痕跡はラインになる。そのラインの上で歩行者はじょじょにミイラになり、ラインはじょじょに地上を離れ、ラインを描くミイラである自分を目撃することだろう。

「トモダチコレクション」

社会学がつながりの自己目的化をメタレベルで観察する場合は、つながる一人一人の主体の心の動きはとりあえず脇に置かれる。ルーマンが自覚的に対決した対象は、社会システムであって心的システムではなかった。しかし、本書は必ずしもルーマンを理論枠としていないから、ルーマンの用語ならば「心的システム」とみなされるかもしれない、「心境」とか「内面」という微温的な言葉で指し示される個人の域をも視野に入れる。

まずはおおづかみに、若者たちは携帯電話やSNSなどによって友達とつながろうとする、そのつながりが可視化されることで、満足感を得るということを確認しておこう。「おおづかみに」と言ったのは、確認されるこの事実をここであらためて実例を挙げることで再確認する必要はないだろう、と考えたからだ。理想的な状況を思い浮かべてみる。SNSを使い始めた一人の若者がフォロワーや「友達」の数をチェックして一喜一憂するとき、その若者は単につながっているのではなく、自分の位置価がそのつど確定されるのをまのあたりにする。その若者が幸いにしてロボットの場合は、このような自己定位は行われず、ウイルスのようにつながりまくることができるだろう。「自己定位」というもったいぶった言い方をしてしまった。具体例で説明しよう。

2009年、00年代が終わりをむかえる年に、この「自己定位」を楽しむ装置が発明された。ニンテンドーDS用ゲーム「トモダチコレクション」である。「トモダチコレクション」はプレイヤーが一人で遊ぶことを想定している。プレイヤーはまず、「Mii」と総称される、自分自身や友達のアバターを作る。実在しない架空の友達でもかまわない。「トモダチコレクション」のウェブサイトには、次のように説明されている。

> あなたの「Mii」は、このゲームの世界に住んでいるもうひとりのあなたです。友だちのMii、家族のMii、先生のMii、後輩のMii…［…］本人にあわせた性格に設定することで、その性格にそった行動をとったり、本人が言いそうなことをしゃべったりします。［…］あなたが作ったMiiたちを、ぜひご本人たちに見てもらってください。そっくりな性格や行動に驚いたり、はたまた現実とのギャップを楽しんだり、あなた自身や周りの人たちに、新しい発見があるかもしれません！［…］Miiたちは、仲良くなったり、ケンカすることもあれば、恋もします。出会いあり、別れあり、笑いあり、涙ありの人間味ゆたかなMiiたちの暮らしを温かく見守ってあげてください。[6]

「あなた」とはゲームの外部にいるプレイヤー、「本人」もまたゲームの外部にいる実在する友達や家族をはじめとする知人たちをさす。とすると、「トモダチコレクション」

6　トモダチコレクション　Miiのつくりかた　https://www.nintendo.co.jp/ds/ccuj/howto/index.html

7　「トモダチコレクション」の続編である「トモダチコレクション 新生活」が2013年に発売された。翌2014年には、「Tomodachi Life」というタイトルで英語版が欧米で発売された。その際、このゲームのなかでは同性婚ができないことが問題になった。同性婚を可能にしは、表象とは「再現＝代行」の謂であるという、あの概念規定を模範的に体現しているゲームだということになる。▼7 プレイヤーは現実世界で自分とつながっている人々のアバターを作ることで、自らの人間関係を外在化する。外在化された自らの人間関係を、プレイヤーは上方から観察することができる。文字どおり、上から目線だ。「住民登録」をしたMiiを消すこともできる。他のゲームと同じように、自分の思い通りに行かなかったり、飽きたりしたら、「トモダチコレクション」以外のゲームに没頭したり、実人生に戻ることも可能だ。だがしかし、「トモダチコレクション」をプレイするということは、友達とのつながりを体感するということでもあるから、無事に実人生に戻ることができたとしても——大多数のプレイヤーは戻っているはずだが——、私は《私》になっている。どういうことか。

俯瞰的歩行的二重体

「トモダチコレクション」ではプレイヤー自身のMiiもゲームの世界の住人の一人になっている。プレイヤーである人間は、ゲームの世界を俯瞰しながら、同時に、ゲームの世界で生きているわけである。フーコーのひそみにならっていえば、プレイヤーである人間は「俯瞰的歩行的二重体」とでも呼ぶことができるかもしれないポジションをとっ

てほしいという要請にたいして、任天堂は、「このゲームのなかの人間関係の選択肢は、現実生活のシミュレーションというよりも、むしろ、冗談半分の別世界なのです［represent］」、と回答した。https://finance.yahoo.com/ news/nintendo-says-no-virtual-equality-134437961.html ここでは、"represent"は現実世界を代行的に再現するという意味ではない。それならば、同性婚も可能でなければならないから。そのように、この回答を批判したくなった。しかしながら、「トモダチコレクション 新生活」というタイトルは、「トモダチコレクション」が狭義の現実のシミュレーションに見えて、実は、現実との対応をめざさない新しい次元に達していること、それが「新生活」の含意であることを示唆しているようにも思われる。

8 秋元康（作詞）、矢沢永吉

ている。傷つき傷つけられることも恐れずに、他者となんらかの形でつながりつづける限りにおいて、私たち人間は歩行的だ。「"Happiness"」を運ぶ「人の群れ」を目のあたりして、矢沢永吉は、「Why? なぜに／歩き続ける?」[8]と問うた。そのように観察され問いが放たれる「人の群れ」が「歩行的」の事例だ。そのつながりを観察したり調整したり切断したりするとき、人間は俯瞰的になる。この二つのステータスはかならずしも順列の関係になっているわけではない。厳密に見れば順列であっても、両者を分ける経過時間が極度に短いので、当事者の感覚としては、ほぼ同時のこともあるだろう。あえて「二重体」と言ってみたのはそのためだ。

　くだいていえば、「トモダチコレクション」のプレイヤーは、見つつ見られるステータスを高い純度で体験できる。これを低い純度で生きているのが、《私》である。いっさいの括弧をつけないで、私、と書くと、この本の筆者である神尾を指示することになる。「俯瞰的歩行的二重体」になっている人間に即して、その人間をさす場合は、鉤括弧を使って「私」としてもいいのだが、あえて二重山括弧を使い《私》としたのは、二重山括弧の形の二つの特徴が、「俯瞰的歩行的二重体」のステータスをうまく表現しているからだ。二重山括弧で括られる空間は、その上下が遮蔽されている。二重になっていない山括弧よりも二重のほうが防護壁としては頑丈だ。「俯瞰的歩行的二重体」としての《私》は、いわばバリアーやカプセルの内部に保護されている。つながりをいつで

(作曲)「アリよさらば」は1994年に放送された同名のドラマのオープニングに流れた主題歌である。

9　いましばらく文字表記にこだわってみる。2001年、iPodが発売された。イヤフォンで音楽を楽しむツールだ。iPodには「繭」とか「鞘」という意味があるし、in podは「妊娠している」という意味で使われることもある。外部から遮断されて音楽と自分だけの閉鎖世界が作られる。《私》は他者まみれの公的な世界で震えながらも直立するのではなく、カプセルのなかで保護されている感覚を得る。この感覚はすでにWalkmanによって実現されていたが、そこでは一人称単数で示される「私」の自己理解は示唆されていなかった。2004年にサービスを開始したmixiという名称は、「mix」(交流する)と「i」(人)を組み合わせ

も切断できるし、つながりを選ぶこともできる。安全に俯瞰できる。一方的に到来するつながりにからめとられたりしない。そのくせ二重山括弧で括られる空間は、その左右が筒抜けだ。「俯瞰的歩行的二重体」が世界に漏れ出たり、「俯瞰的歩行的二重体」に世界が浸み入ったりする。「俯瞰的歩行的二重体」は観察主体にとどまることができないのだ。これが、《私》と表記した「そのこころ」である。[9]

「トモダチコレクション」をプレイしたことがない若者たちもまた、《私》として生きているように思われる。一方で、着信拒否やブロックやスルーやミュートをすることで、バリアーやカプセルの内部に保護されていると感覚することができる。他方、それらの操作ができないので、あるいは、できたとしてもその操作による見返りがキツイものであることが予感されるので、歩行せざるをえない。俯瞰的な眼差しで自己定位しつつ、観察はできても操作はできずに、歩行せざるをえない。他者たちの世界に開かれてしまっている。

虚点としての友達

友達は《私》が自己定位するための拠点である。20世紀末、サブカルチャーの領域では、友達がクローズアップされ、重要なモティーフとして、あるいはテーマとして作品

てできたらしい。https://mixi.jp/help.pl?mode=item&item=5。Miiに先がけて、Wiiが2006年にデビューした。どちらも音としてはMeとWeに対応している。Weが複数のiで構成されるのは分かる。「私」の集まりなのだから。Meが複数のiで構成されるのは、《私》がすでにその内部において複数の私に分割されているから、かもしれない。ただ、小文字であることが気になる。そういえば、かつてヴァージニア・ウルフは、男性作家のテクストのなかに、「まっすぐな黒い棒、大文字の「I」〔我［われ］〕のような形の影」を感じ、その「影に入ると、あらゆるものが霧のようにぼやけてしまう」、と書いていた。ヴァージニア・ウルフ（片山亜紀訳）『自分ひとりの部屋』（平凡社、2015＜1929）172−173頁。ファロセントリックなI＝俺は21世紀の初頭にi＝僕へと萎縮する。

のなかに投入されるようになった。尾田栄一郎『ONE PIECE』の連載が開始したのは1997年のことだった。主人公のルフィーのまわりには彼を慕う仲間が集まる。安田雪は『ONE PIECE』が若者たちのあいだで爆発的にヒットした現象を、「誰もが持っている「かけがえのない仲間がほしい」という欲求が、ワンピースをモンスターマンガに押し上げた」[10]、と説明している。『ONE PIECE』が人気を博している裏側には、仲間を作ることが困難な状況がある。

『ONE PIECE』の2年後、1999年に浦沢直樹『20世紀少年』の連載が開始した。このマンガは二つの意味で友達をめぐる物語である。まず、主人公であるケンジと仲間たちの素朴な友情が描かれている。さらに、友達は友達一般ではなく、「ともだち」という固有名をもつ、れっきとした個別の人間として登場する。ケンジの友達関係とこの「ともだち」との戦いが全編を貫く二つの軸になっている。「ともだち」はある教団の教祖であり、つねにマスクをはずさない。「ともだち」は到達困難で忌まわしい存在である。

同年、1999年に刊行された高見広晴『バトル・ロワイアル』はミリオンセラーとなり、2000年に公開された映画も大ヒットした。「ねえ、友達殺したことある?」、という映画のキャッチコピーは、友達が、時と場合によっては殺してもよい存在になることを暗示してしまった。

10 安田雪『ルフィの仲間力——『ONE PIECE』流、周りの人を味方に変える法』(アスコム、2011)3頁。

2008年に刊行された湊かなえ『告白』もまた、『バトル・ロワイアル』と同じく、小説も映画化作品もどちらもヒットした。中学のクラスメイトのつながりが描かれている点も共通している。ここでは、二つのレベルのつながりが絡み合う。新任の熱血教師は、「せっかく、縁あって出会ったクラスメイトなんだ。こうやって、みんながそれぞれ持っている心の壁を取り除いて行こう!」[11]と生徒たちに呼びかける。クラス内の中学生たちのあいだに見られる人間関係が、一つめのレベルのつながりだ。「みんながそれぞれ持っている心の壁を取り除いて行こう」と、あえてつながりが促されるということは、そこではつながりが機能不全を起こしつつあることの間接証拠だろう。もう一つのつながりはミクロレベルに設定される。主人公の女性教師森口は、自分の娘を殺害した二人の中学生が口にする牛乳に、エイズ患者である自分の夫の血液を入れる。そのうちの一人は、「僕の血は生物兵器だ」(197)、と自暴自棄になる。「心の壁」は取り除かれるどころか、ますます高くなる。友達のつながりは欠如している。

2014年に連載が始まった山口ミコト(原作)、佐藤友生(漫画)『トモダチゲーム』は、友達関係のこのような陰画をドラスティックに描いている。仲の良い5人のクラスメートは借金を返すためにいくつかの「トモダチゲーム」に参加する。最初の「トモダチゲーム」、「コックリさんゲーム」では、勝利は大きく2種類に分けられる。1つは、5人「全員のわずかな勝利」、もう1つは、「自分だけの完全な勝利」だ。「コック

11 湊かなえ『告白』(双葉社、2008)63頁。以下、引用文の直後の丸括弧内の数字は、このテクストの頁を示す。

リさんゲーム」が進行するにつれて、5人の中に「裏切り者」がいることが明らかになり、疑心暗鬼になった5人の友情はじょじょに崩壊していく。次の「トモダチゲーム」、「陰口すごろく」では、「友達を貶めるような／〝隠しごと〟をバラせば／バラすほど良い目が出る」ので、「友達を〝地獄〟に堕として勝利する」ことが求められる（図4）。「無償の愛情は／あっても…」「〝無償の友情〟なんてものは存在しない」[12]。友情には代価が必要とされるのだ。『トモダチゲーム』の第1巻は、主人公の1人である片切友一[13]がお金を数えるシーンから始まる。母親は友一に、お金は大切だが、「世の中には お金よりも大切な もの」がある、それが「〝友達〟」（1、1）だ、とさとす。友達は、計量可能なお金と比較され、それよりも上位に置かれる。しかし、「トモダチゲーム」の成り行きを追っていくと、その理由は、友達が計量不可能な尊い存在だからではなく、友達を使えばより多くのお金が得られるからだ、ということが明らかになる。読者の購買意欲をそそるために、書籍の帯には訴求力のあるメッセージが書かれるのが常だが、『トモダチゲーム』の第5巻の帯には、「友達には、知らない一面が必ずある――。」「友達、いくらで買いますか？」、と書かれている。友達はお金と同じように計量化できる、というのがこのマンガの、アイロニカルな表向きのメッセージだ。あるいは、ひょっとすると教えだ……。だが、もっとも大量に教えを供給しているのは学校教育である。私たちは小学校や中学校の国語の時間に、太宰治の短編小説によって、「人の心を疑ふのは、

12　山口ミコト（原作）、佐藤友生（漫画）『トモダチゲーム』（講談社、２０１４）第1巻、第4話。以下、引用文の直後の丸括弧内の数字は、このマンガの巻数と話数を示す。また、スピーチバルーン内の行分けは半角スペースにする。

13　主人公の名前はこのマンガのテーマの核心を予告している。友達が一人なのか、友達が一番大切なのか、友達が一人もいないことなのか。

最も恥づべき悪徳だ[14]」と教わってきたはずである。「人」とはすぐれて友達のことだった。

『トモダチゲーム』とほぼ同じ時期に連載が開始したオクショウ（原作）、渡辺静（漫画）『リアルアカウント』も、友達をめぐるデスゲーム系の物語だ。違いは、『リアルアカウント』ではSNSが重要な役割をはたしているということである。第1巻の裏表紙

図4 『トモダチゲーム』より©佐藤友生・山口ミコト／講談社

14 太宰治「走れメロス」、『太宰治全集』（筑摩書房、1974）第3巻、204頁。教科書図書館である東書文庫のデータベースで検索したところ、「走れメロス」は1956年から2021年まで、81冊の国語教科書（小学校と中学校のみ）に収録されている。

には、「ネットのツナガリが僕の全てだった。」、としるされている。主人公の柏木アタルは現実の世界では友達がいない。それを妹に指摘されたアタルは、自分のいちばん弱い点をつかれたかのように反応し、「いるよ…僕《ぼく》にだって　れっきとした〝友達《ともだち》〟が」と言いかえす（図5）。「リアルアカウント」はこのマンガの外側にある、私たちが生きる世界では、通常、「リア垢」と表記され、現実の世界における知人とやりとりするためのSNS上のアカウントのことである。「リア垢」は現実の世界の知人と結ばれているから、そのフォロワーが多いということは、そのまま現実の世界の知人が多いことを意味している。おそらくそのなかには友達も含まれるだろう。アタルは現実世界では友達がいないが、「リアルアカウント」と呼ばれるSNSのなかでは、多くの「フォロワー」がいる。アタルにとってはこの「フォロワー」が「友達」だ。「リアルアカウント」というSNSでは、アタルのアカウントは本名だが、非公開ユーザーとして設定されているので、アタルはそこで「どんどん嘘を重ねていく」[15]。それによってアタルは自分を魅力的な人物として演出することができる。ある日、アタルが、いつものように「リアルアカウント」のなかのゲームに熱中していると、突然、「リアルアカウント」の世界の中に吸い込まれ、閉じ込められる。そこから脱出するためには、課せられたすべてのゲームをクリアーしなければならない。ゲームに負けた者は、「リアルアカウント」の内部だけでなく、現実世界でも死ぬことが示される。おまけに、当人が死ぬだけでなく、

15　オクショウ（原作）、渡辺静（漫画）『リアルアカウント』（講談社、２０１４）第１巻、12頁。

その「フォロワー」も巻き添えになって、現実世界で不審死する。その結果、巻き添えになりたくない「フォロワー」は「フォロワー」をやめることになる。ほんとうの「友達」かどうかが選別されるのだ。

ロックバンド、神聖かまってちゃんは２０１０年、『友だちを殺してまで。』というタ

図５『リアルアカウント』より©渡辺静・オクショウ／講談社

イトルのミニアルバムでデビューした。２０１４年には「ズッ友」というシングルが発売された。どちらもタイトルに友達が含まれているものの、なんらかの友達関係が歌われているわけではない。友達は関心を強くひく繋留点でありながら、命名できないブラックホールになっている。２０１２年に発売されたアルバム『楽しいね』に収録された「友達なんていらない死ね」[16]では、曲のタイトルが直接的に示すように、友達が否定形でイメージされる。「お友達ごっこしなくちゃいけないな／クラスのルールを守ったら」、「お友達なんていらないのあたし／クラスのみんなが気持ち悪い」、という二つのフレーズから分かるように、「友達」と呼ぶことができるかもしれない人間は、クラスのなかにいるようだ。10回近く繰り返される、「えっまじ⁉／そんなセリフが言えたとき／お友達ってやつがいるのかな」、というリフレーンは、「お友達ってやつ」とのつながりがけっして重くはないことを暗示している。しかし、そんな「友達」はいらない、ということは、逆に、そうではない「友達」が求められているということを含意している。「えっまじ?」という記号でつながるだけの「友達」ではなく、いわば真の友達が到達不可能な地点に想定されている。

中間的にまとめておこう。SNSによって、面識のない赤の他人とつながることが可能になった。それと並行するように、現実世界における友達の株価が右肩下がりになっていく。しかしながら、つながりの対象としては、友達がその候補から決定的にはずれ

16 神聖かまってちゃん『楽しいね』(ワーナーミュージック・ジャパン、２０１２)。

てしまったわけではない。友達はたとえネガティブなかたちであれ焦点になっている。友達は《私》が自己定位するための拠点であることをやめてはいない。だから友達が焦点化しているのではなく、友達の不在が焦点化している、というべきだろう。友達の不在が焦点化されているということは、友達はつながることで自己定位できる拠点ではなく、欲望されつつ到達できない虚点として焦点化されているということだ。

友達論の流行

友達はやはり虚点ではなく拠点であってほしい。そうしないと、「ぼっち」[17]というレッテルを貼られてしまう。「トモダチコレクション」はゲームの内部で充実感を確保してくれたが、「レンタルフレンド」はゲームの外部でも一定時間の充実感を約束してくれるらしい。2012年あたりから友達はレンタル可能になった[18]。数万円のサービス料を払えば、一定時間は友達が自分のそばにいてくれる。それが、「レンタルフレンド」という有料サービスである。2013年『読売新聞』大阪朝刊に連載された「ワカモノタチ　つながり」という記事の第5回は、「友達ができない　休学」というタイトルで、友達がいないがゆえに周囲から孤立して苦しむ学生を取材している。ある有料サービスへの依頼は月に数十件あり、「多くは、他人との距離感に戸惑い、悩み、自信を失った

17　2ちゃんねるの「大学に友達がいなくて一人ぼっちの人」スレッドは2003年8月27日に立てられた。2003年10月2日、「一人ぼっち」が「ぼっち」と呼ばれるようになったようだ。

18　Google Trendsを使うと、特定のキーワードがGoogleの検索でどれくらいの頻度で検索したかを時系列でチェックすることができる。これによると、「レンタルフレンド」がはじめて検索されるようになったのは2012年7月である。

若者[19]」だということだ。友達と《私》は一対一の二者関係でつながっているのではない、ということがこの事例から見えてくる。友達と《私》という二つの点に加えて、二つの点のつながりをチェックする第三の点が、《私》に内在化されている。その点は、《私》が想定する他者たちである。つながる他者に加えて、《私》のつながりを見つめていると《私》が想定する他者が、《私》の世界の地平のどこかしらに、姿は小さいが、しかし厳然と立つ。

《私》は2つの変数を処理しなければならなくなる。面倒だから、「友達なんていらない死ね」と叫ぶことができればいいが、それが無理ならば、この方程式を解くための参考書が必要だ。すでに述べたように、２００４年にmixiとFacebookをかわきりにＳＮＳが登場した。それと軌を一にして、友達論があいついで出版された。主なものを挙げておこう。菅野仁『愛の本 他者との〈つながり〉を持て余すあなたへ』（２００４）、齋藤孝『そんな友だちなら、いなくたっていいじゃないか！』（２００４）、齋藤孝『友だちいないと不安だ症候群につける薬』（２００５）、清水真木『友情を疑う——親しさという牢獄』（２００５）、菅野仁『友だち幻想 人と人の〈つながり〉を考える』（２００８）、土井隆義『友だち地獄——「空気を読む」世代のサバイバル』（２００８）、小谷野敦『友達がいないということ』（２０１１）、武長脩行『「友だちいない」は〝恥ずかしい〟のか 自己を取りもどす孤独力』（２０１２）、瀧本哲史『君に友だちはいらな

19 『読売新聞』２０１３年１月７日大阪朝刊。

い』（2013）、森真一『友だちは永遠じゃない：社会学でつながりを考える』（2014）、東浩紀『弱いつながり 検索ワードを探す旅』（2014）、押井守『友だちはいらない。』（2015）、小田嶋隆『友だちリクエストの返事が来ない午後』（2015）、押井守『やっぱり友だちはいらない。』（2017）、大嶋信頼『「本当の友達がいなくてさびしい」と思ったとき読む本』（2019）などだ。これらの本に特徴的なことは、論者が友達やつながりを全面肯定せず、むしろ逆にそれらにたいして距離を保つこと、あるいは批判的であることを勧めているということだ。たとえば、瀧本哲史『君に友だちはいらない』は、『ONE PIECE』的な友達関係を真っ向から否定する。「SNSで絡《から》んだり、「いいね！」するだけの「友だち」はいらない。／必要なのは、同じ目標の下で、苦楽をともにする「戦友」だ」[20]、と主張する。東浩紀『弱いつながり――検索ワードを探す旅』が若者たちにおくるアドバイスは、「友人に囚われるな。／人間関係を（必要以上に）大切にするな」[21]である。友達が不在であることは《私》の劣性の指標ではないということがことさら強調されるのは、逆にいえば、それだけ友達とのつながりの重要性が、これらの本の読者には切実に感じられてしまっているということの証だろう。

20 瀧本哲史『君に友だちはいらない』（講談社、2013）322頁。

21 東浩紀『弱いつながり 検索ワードを探す旅』（幻冬舎、2014）156頁。なお、拙著は世紀転換期における若者にとっての友達観を論じることを目的としていない。詳細は、浅野智彦（編）『検証・若者の変貌――失われた10年の後に』（勁草書房、2006）と土井隆義『友だち地獄――「空気を読む」世代のサバイバル』（ちくま新書、2008）を参照。

絆

20世紀末以降、若者において友達とのつながりとして現象したつながりへの欲望は、若者に特有の心的現象ではなかった。２００３年、歌手の平原綾香が「Jupiter」でデビューした。「Every day I listen to my heart ／ひとりじゃない／深い胸の奥でつながってる／果てしない時を越えて輝く星が／出会えた奇跡教えてくれる」[22]、という冒頭の歌詞は、人々の連帯意識に触れた。「Jupiter」は、翌２００４年10月23日に発生した新潟県中越地震の被災者をはげますための歌としても頻繁に流された。公共広告機構によるCM、「人を助け、人に助けられる国でありますように」（２００５）は、新潟県中越地震の被災者を支援するボランティアをテーマにしていたが、バックに流れるのもこの「Jupiter」である。

２００９年に細田守『サマーウォーズ』が上映された。「ＯＺ」と呼ばれる仮想空間から現実の世界を攻撃してくるＡＩにたいして、由緒ある旧家の一族のメンバーや、ネットにアクセスしている人々が団結して戦い、世界を守る。ポスターに刻みこまれたキャッチコピーは、「「つながり」こそが、ボクらの武器。」だ。歌や映画のなかでは、人間どうしのつながりが実現している。そのようなつながりが希求されている。観客が生きる現実の社会では、人間どうしのつながりが欠如していると感じられているからだろ

22　Ayaka Hirahara『Jupiter』（ドリーミュージック、２００３）。

う。

2010年にはNHKで放送された27本のテレビ番組がきっかけとなって、つながりの不在を意味する「無縁社会」という言葉が人口に膾炙するようになった。[23] 2010年12月26日から、『朝日新聞』には「孤族の国」という記事が連載された。[24]「孤族」は「無縁社会」ほど広く行きわたることはなかったが、同じくつながりの不在を指し示す言葉である。つながりが求められているということが、逆に浮き彫りになった。

東北地方太平洋沖地震が起こった2011年、『PRESIDENT』2011年5月30日号は「幸せになる練習」というタイトルの特集をくんだ。山田昌弘は、「どんなにモノがあふれていても、人はひとりぼっちで幸せになることはできません。自分自身で選びとり、努力して維持していく「つながり」こそが、今後の新しい幸福の源泉になるでしょう」、と提案している。[25]『PRESIDENT』の読者層は、雑誌名が示すように、若者ではない。若者による消費にフォーカスして「つながり」を論じたのが、三浦展『第四の消費——つながりを生み出す社会へ』だ。三浦は、「単に物を買って、人に自慢したいという消費ではなく、物を買うことで人とのコミュニケーションが促進される、コミュニティが生まれる、そういう消費をしたいという心理が拡大してきたのである」[26]、として、これを「第四の消費」と呼んでいる。

「つながり」は、それが自覚的な決断をともない、生きるための方策に、さらには目的

23　NHK「無縁社会プロジェクト」取材班（編著）『無縁社会 〝無縁死〟三万二千人の衝撃』（文藝春秋、2010）。

24　朝日新聞「孤族の国」取材班（編著）『孤族の国 ひとりがつながる時代へ』（朝日新聞出版、2012）。

25　山田昌弘「笑顔のヒント「競う」から「つながる」へ」、『PRESIDENT』2011年5月30日号、35頁。

26　三浦展『第四の消費——つながりを生み出す社会へ』（朝日新書、2012）164頁。

になるとき、「絆」という名称を得る。「絆」は２０１１年の「新語・流行語大賞」を受賞した。２０１２年11月1日には、『新明解国語辞典　第7版』が刊行された。巻頭に置かれた序文でも「絆」が特権的な扱いを受けていた。

「絆」という言葉を最近よく耳にする。これは、あの3月11日の東日本大震災で被災された方々の口から発せられるものである。震災後、人と人との結びつきの重要性、換言するなら、一体感、連帯意識の持つ意義を痛感させられたといった文脈で、「絆」の果たす役割が意識されるようになったというのである。悲しみや苦しみを分かち合い、共に手を携え、未来に向かって光を求め、明日へ向けて前進しようとするために欠かせない「絆」意識は、行動を通して確かめ合い、態度や表情で伝え合うことも可能であろうが、言葉の力によって確固たるものになるのではなかろうか。[27]

「つながり」は「絆」へと言い換えられたことで、より肯定的な価値判断を含んだ言葉になる。『an・an』２０１１年11月24日号の特集は、「「絆」あなたがつながりたいのは誰ですか?」だった。この頃から、つながりを奨励する書籍が目立つようになる。たとえば、代々木忠『つながる――セックスが愛に変わるために』（２０１２）、石川善樹

27　編集委員会代表　倉持保男「さらに新しさを求めて（第7版　序）」、『新明解国語辞典　第7版』（三省堂、２０１１）。

『友だちの数で寿命はきまる――人との「つながり」が再考の健康法』（２０１４）、高石宏輔『あなたは、なぜつながれないのか』（２０１５）、藤代裕之『ソーシャルメディア論――つながりを再設計する』（２０１５）、村山洋史『「つながり」と健康格差――なぜ夫と別れても妻は変わらず健康なのか』（２０１８）、池川明、上田サトシ、七田厚、白石まるみ、弦本將裕『繋がる』（２０１８）などだ。もちろん、「つながり」という語を冠した書籍がすべて、「つながり」を肯定しているわけではない。たとえば、小川克彦『つながり進化論――ネット世代はなぜリア充を求めるのか』（２０１１）と安田雪『パーソナルネットワーク――人のつながりがもたらすもの』（２０１１）における「つながり」はインターネットを指しており、どちらかというと事実確認的な内容になっている。[28]東島誠『〈つながり〉の精神史』（２０１２）と長崎励朗『「つながり」の戦後文化誌――労音、そして宝塚、万博』（２０１３）は、ビフォア・インターネットにおける「つながり」についての歴史研究であって、行為遂行的な言説では書かれていない。長田巧一、田所承己（編）『〈つながる／つながらない〉の社会学――個人化する時代のコミュニケーションのかたち』（２０１４）は、２００２年あたりから起動した「つながりの社会性」に関する社会学からの複数のアプローチを概観している。藤井直敬『つながる脳』（２００９）は脳科学の視座から、岡ノ谷一夫『「つながり」の進化生物学』（２０１３）は生物学の視座から、生物としてのヒトとヒトの関係を論じている。

28　増田直紀『私たちはどうつながっているのか――ネットワークの科学を応用する』（２００７）と安田雪『「つながり」を突き止めろ――入門！ネットワーク・サイエンス』（２０１０）は２０１１年３月１１日以前に出版されたが、この系列に属する書籍である。

言説が価値中立的であるにせよ、そうでないにせよ、「つながり」や「絆」が言葉としてインフレーションを起こしたことは間違いない。２０１２年に発売されたクローバーZの『DNA狂詩曲』では、「ねぇ キミといるだけで／なんか 遺伝子が笑う／絆なんてもんは今更／言わなくていいから／ギュっと握った手をつないで行こう」[29]、と歌われている。２０１２年の時点で「絆」はすでに、耳につく言葉になってしまっていたようだ。香山リカ『絆ストレス――「つながりたい」という病』（２０１２）、高野登『あえて、つながらない生きかた』（２０１４）など、絆を賛美する言説への批判がこの頃から少しずつ現れる[30]。中島義道は『反〈絆〉論』（２０１４）を、「〈絆〉で苦しんでいる人々すべてに」[31]贈っている。絆を批判する側の言説は、国家が主導する絆が最終的に何をめざしているのかを予感する。『〈つながり〉の現代思想――社会的紐帯をめぐる哲学・政治・精神分析』の編者は、絆言説に感じた「居心地悪さ」の原因を次のように説明している。

そのような言説は、わたしたちの連帯を可能にする一方で、〝横〟の「つながり」とされたものがナショナリズムへと、あるいは総動員体制を彷彿とさせる狂騒へとなし崩し的に転用され、〝横〟の関係を問う可能性を失わせてしまうおそれがあったからである[32]。

29　ももいろクローバーZ『猛烈宇宙交響曲・第七楽章「無限の愛」』（キングレコード、２０１２）。

30　「絆」の重要性を確認し、「絆」を称揚する三省堂『新明解国語辞典　第7版』を引いて「絆」という語を調べると、原意として「動物をつなぎとめる綱の意」と書かれている。三つめの語義は、「元来平等なるべき人間を、理由なく束縛し、分け隔てするもの。階級意識や差別意識など」、となっている。この語義には、「もと誤用に基づく」と注記されている。その直後には、「紲」とも表記するむねの説明もつけられている。『漢字源　改訂第5版』には、「紲」の語義としてはまず、「犬馬や罪人をつなぐつな」、と書かれ、「絆」の意味としては、「馬の足にからめてしばるひも。また、人を束縛する義理・人情のたとえ」、と説明されている。

絆言説は毀誉褒貶が定まらない。すでに指摘したように、2014年に刊行された東浩紀『弱いつながり 検索ワードを探す旅』は若者たちに、適切なつながりとは弱いつながりだとアドバイスした。つながりが喧伝される時代に生きながら、しかしそのつながりによって疲弊している、より広範な読者層に、そこからの脱却を説いたのが、佐々木俊尚『広く弱くつながって生きる』（2018）と本田直之『ゆるいつながり――協調性ではなく、共感性でつながる時代』（2018）だ。高度経済成長期のつながりは、前者では「強いつながり」、後者では「強制的つながり」と呼ばれる。「弱いつながり」であれ「ゆるいつながり」であれ、つながりはいちおう維持される。そこでは、つながりは強いられるものではなく、つながる主体がそれをマネージメントできる、とされる。[33]

　2016年、つながりと絆は歌われ語られ論じられるだけでなく、ヴィジュアル・イメージになってブレイクする。新海誠『君の名は。』では、空間、時間、人間関係などさまざまなレベルに、つながりのモティーフが配されている。それらのつながりは、「ムスビ」と呼ばれる。主人公三葉の祖母一葉は、糸守町（！）にある宮水神社の宮司である。一葉は「ムスビ」のいわれを孫たちに説明する。

　土地の氏神《うじがみ》さまのことをな、古い言葉で産霊《むすび》って呼ぶんやさ。この言葉には、いく

どちらにも肯定的な語義はない。私は「紲」という漢字を目にしたとき、脳裏に中島みゆきの「糸」（1998）が浮かび、「人々を心の糸で結びつけた世間」とか、「人は一人では半人前だから、つながれなければならない」というニュアンスを深読みしてしまった。誤読である。

31　中島義道『反〈絆〉論』（ちくま新書、2014）204頁。

32　松本卓也、山本圭（編著）『〈つながり〉の現代思想――社会的紐帯をめぐる哲学・政治・精神分析』（明石書店、2018）267頁。

33　極端に走ることなくバランスがとれていながら、もっとも深いところまで到達しているつながりへのアドバイスは、つながりが「絆」としてメジャーデビューする前、つまり3・11の前に発表された。綾屋紗月、熊

つもの深いふかーい意味がある」／［…］「糸を繋《つな》げることもムスビ、人を繋げることもムスビ、時間が流れることもムスビ、ぜんぶ、同じ言葉を使う。それは神さまの呼び名であり、神さまの力や。ワシらの作る組紐《くみひも》も、神さまの技、時間の流れそのものを顕《あらわ》しとる」［…］「よりあつまって形を作り、捻《ねじ》れて絡まって、時には戻って、途切れ、またつながり。それが組紐。それが時間。それが、ムスビ。[34]

「ムスビ」は組紐のイメージに収斂する。このことから、この作品はつながりや絆を勧めていると解釈することもできる。２０１６年11月28日の「クローズアップ現代＋」は、爆発的にヒットしたこの作品をとりあげた。「ムスビ」を大切にするというメッセージが番組の主調だったが、使われなかったインタビューで新海は違ったニュアンスで回答していたらしく、翌日29日のtwitterに、「僕は映画には「ムスビを大切にする」という意図は込めていません。ムスビ（絆）は「ほだし（人を縛るもの）」と両義で、若者を自立から阻むものでもあるからです。だから、できれば多様な受け取りの出来るものにしたかった。そういう話をしました」[35]、と書き込んでいる。新海は「絆」や「紲」の両義性をおさえていた。新海は、「ムスビ」を描くことで、そうあるべき指針ではなく、そうでしかありえない生を確認していただけだ。

谷晋一郎『つながりの作法――同じでもなく 違うでもなく』（ＮＨＫ出版生活新書、２０１０）である。副題が端的に示しているように、メンバーが均一の集まりへと強制されることもなく、それぞれが異なったまま断絶しているわけでもない関係の可能性が提示されている。

34 新海誠『小説 君の名は。』（角川文庫、２０１６）87－88頁。ｄｖｄ版では00.34.20。一葉によれば、水でも米でも酒でも、なにかを身体に入れる行いも「ムスビ」だ。身体に入るものは魂と結びつくから。口噛み酒が入った器も組紐で結ばれている。

35 新海誠 twitter https://twitter.com/shinkaimakoto/status/803437349447208960

6. 共同体／集積体

糸

『君の名は。』の架空の舞台である糸守町は、飛騨市がモデルになっている。飛騨市から170㎞ほど南下したところにある豊田市美術館では、同じく2016年、糸は、紐へとよられるのではなく、張りめぐらされることになる。同美術館で開催された「蜘蛛の糸」展の会場の入り口には、塩田千春の「夢のあと」（2016）と題された巨大なインスタレーションが展示された。通常の人の身体をうわまわる大きさの10着の白いドレスを縫うように、包むように、黒い糸が縦横に張りめぐらされる。入館者はその糸の空間の中に誘い込まれる。「夢のあと」という作品を観ながら、糸に絡みとられるように、その作品の内部に繰りこまれる。[1] 2019年、森美術館で開催された「塩田千春展：魂がふるえる」展は、入館者数が60万人を超え、この美術館の入館者数の歴代第2位を記録するほどヒットした。「不確かな旅」（2016／2019）というインスタレーションが入口に置かれたこの展覧会でもまた、観客はその空間に足を踏み入れた瞬間から、糸に絡みとられ、観察者ではなく当事者になる。[2] このインスタレーションには、「糸はもつれ、絡まり、切れ、解ける。それは、まるで人間関係を表すように、私の心をいつも映し出す」という塩田自身のコメントが付けられている。「不確かな旅」（2016／2019）は赤い糸でつむがれている。「夢のあと」で使われていたのが黒い糸

1　糸はかなり早い時期から、塩田の感覚に絡みついていたようだ。中野仁詞によれば、塩田が京都精華大学に在学していた頃、校内の廊下や階段などで、糸を結びつける彼女の姿が見かけられたそうだ。中野仁詞「沈黙の世界にあるもの」、『沈黙から 塩田千春』（神奈川県民ホール、2007）69頁。1999年の作品である「緊縛」でも、人形たちが糸でしばりつけられている。『塩田千春 精神の呼吸』（国立国際美術館、2008）28頁。

2　森美術館、ニュース https://www.mori.art.museum/jp/news/2019/10/3601/。「不確かな旅」は、森美術館のサイトで見ることができる。https://www.flickr.com/photos/moriartmuseum/albums/72157709715262242/with/48312441756/

だったのと対照的である。塩田によれば、「黒は広大に広がる深い宇宙を、赤は人と人とをつなぐ赤い糸、または血液の色を表す[3]」。マクロレベルのつながりとミクロレベルのつながりが、塩田においてつながっている。その塩田のつながりの蜘蛛の巣の中に、それぞれの蜘蛛の巣をたずさえた観客たちがつながっていく。

髪の毛もまたつなぐ。五十嵐大介「竜田姫《たつたひめ》に魅入《みい》られた話」は、女の人の髪の毛があちこちについている古い民家が舞台だ。そこに住む青年は、その長い髪を糸に混ぜて織り込む作業をしている。そこに「先輩」と呼ばれる女性が訪ねてくる。森のなかの散策に出かける「先輩」に、彼は、「好きな場所 みつけたら これ被《かぶ》ってみて 下さい[4]」、と言って、髪の毛をよりまぜた糸で作ったスカーフを手渡す。森のなかのとある場所で彼女はそのスカーフを頭にかぶる。すると、ふだんは聞こえないはずの小さな虫や草の音がきわだち、まざり、彼女は、木の根や幼虫が棲息する地下の液状の世界に沈んでいく(図6)。「竜田姫《たつたひめ》に魅入《みい》られた話」は、『月刊アフタヌーン』1994年12月号に掲載された五十嵐大介の最初期の作品である。ここには、後年の五十嵐の作品の主要なテーマである、自然と人間の境界線の消失が凝縮して表現されている。『月刊IKKI』に2006年2月号から2011年11月号まで連載された『海獣の子供』では、自然と人間の連続性がより大きなスケールで描かれる。

3　『塩田千春展：魂がふるえる』（美術出版社、2019）78頁。

4　五十嵐大介『はなしっぱなし 新装版』（河出書房新社、2014）上巻154頁。以下、引用文の直後の丸括弧内の数字は、このマンガの頁を示す。なお、後から引用する「お囃子が聞こえる日」も同書に収録されている。

図６　『はなしっぱなし　新装版』より©五十嵐大介／河出書房新社

生まれる 食べる 食べられる。体の一部に なる。／土に なったり、森に なったり。 変わりながら ぐるぐるまわる 流れの中の一瞬に すぎないのに。世界が 人体だと するなら 僕らは その中身…／山や海や 生命は きっと 内臓や血液 なんだろう。／それは地球を ひとつの機構《システム》として 捉える考えと 同じものだ。[5]

ここで参照されているのは、1970年代にジェームズ・ラヴロックが提起したガイア仮説だ。周知のように、ガイア仮説とは、地球を大地や地殻と生物が相互に影響しあう自己

5　五十嵐大介『海獣の子供』（小学館、２００９）第４巻２９８、３１８頁。

調整能力をもった一つの生命体とみなす考え方である。しかし、『海獣の子供』は、ガイア仮説を図解したマンガ仕立ての解説書ではない。五十嵐は、ヒトが地球の自然と一体化しているということではなく、ヒトもまた地球の自然の一部分であり、両者は連続しているということを、理想や理念として理屈や論理で語るのではなく、長い髪の毛に触発された直感から出発しイメージをよっていく。

蟲

五十嵐大介が最初に発表した作品は、1994年の「お囃子が聞こえる日」だった。一人で祭りに行った少年は、不思議な足跡に誘われるままに「蟲《むし》たちの場所」(19)に入ってしまう。そこには、祭りの騒ぎから逃げてきた森じゅうの「蟲たち」が集っている。「蟲」という漢字が昔からマンガで使用されていたのかは不明だが、「蟲」という表記が重要な役割を果たした最初のマンガは、宮崎駿『風の谷のナウシカ』であることは間違いない。そこでは「蟲」と「虫」という二つの表記が区別されている。五十嵐は「すべてはひとつにつながっている」と題されたロングインタビューのなかで、マンガ版の『風の谷のナウシカ』を読み圧倒されたと述べている。[6]

その後、五十嵐の作品では、森の中の「蟲」だけではなく、地球に棲息する大小の生

6 『文藝別冊 総特集：五十嵐大介——世界の姿を感じるままに』(河出書房新社、2014)14頁。

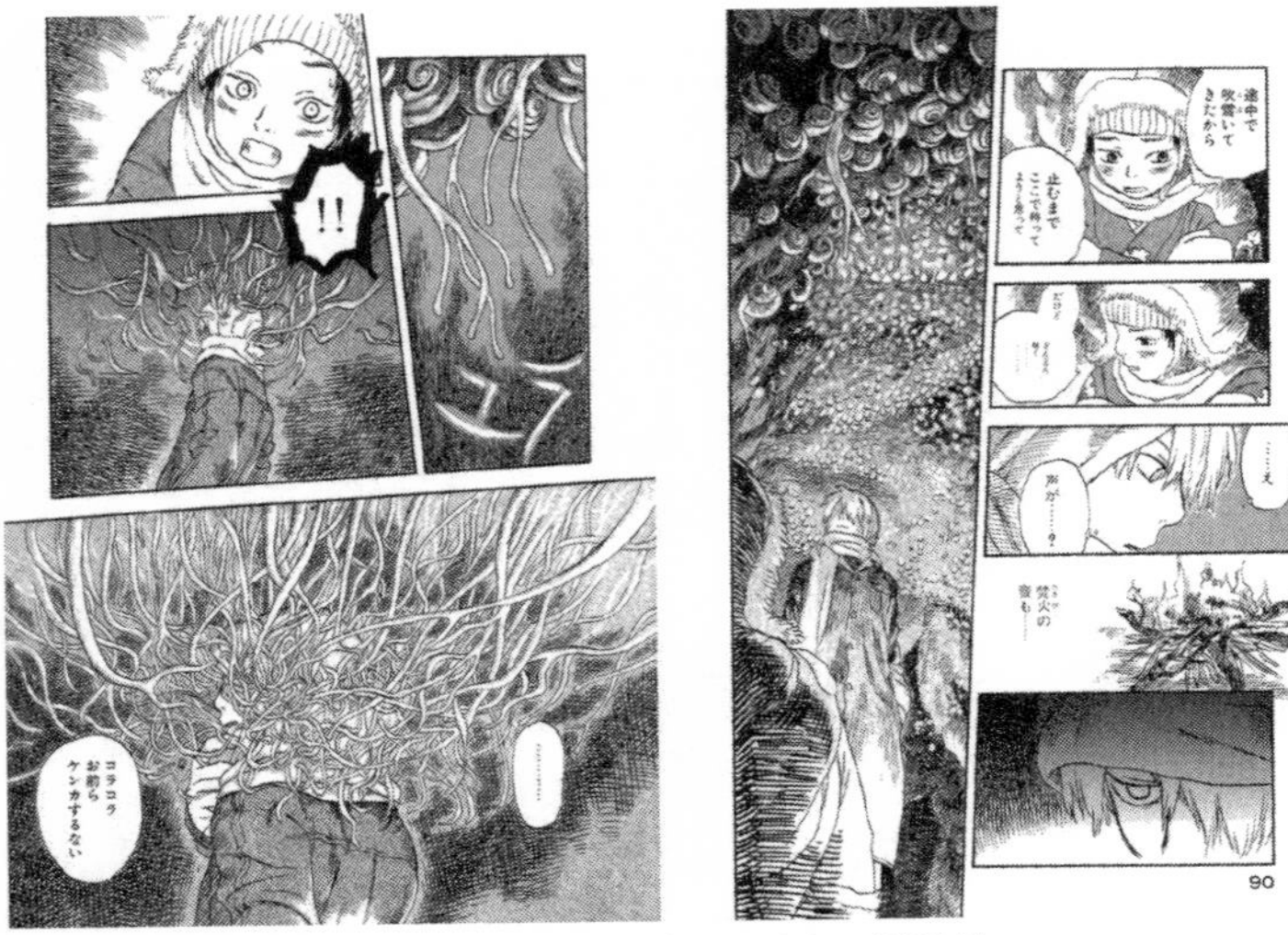

図7　『蟲師』より©漆原友紀／講談社

物たちがヒトのまわりに蝟集するが、「蟲」だけを描いた別のマンガが多くの読者を引きよせることになる。漆原友紀『蟲師』だ。『蟲師』は1999年から2008年にかけて、『アフタヌーンシーズン増刊』と『月刊アフタヌーン』に連載された。「蟲」とは、菌類や微生物よりもさらに「下等な生物」で、「生命の原生体《そのもの》に近いもの達[7]」をさす。「蟲師」は、そのような蟲を見る能力を持っている（図7）。蟲師の一人であるギンコは旅をしながら、蟲が引き起こす不思議な現象の謎を解き明かしていく。蟲は時として人々の生活を乱す。しかし、蟲にも人間にも罪はない。そうかといって、蟲

7　漆原友紀『蟲師』（講談社、2000）第1巻19－20頁。以下、引用文の直後の丸括弧内の数字は、このマンガの巻数と頁数を示す。

は人間の「友人」でもない。「ただの奇妙な隣人」（1、136）だ、とギンコは言う。排除を告発し、共生を主張する思想が絵解きされるのではなく、蟲と人間がともに生活していることが確認されるだけだ。

菌という他者

『蟲師』の連載が終わった頃、蟲と同じように森に棲息する小さな生物が小さなブームを巻き起こした。飯沢耕太郎『きのこ文学大全』（2008）がきっかけとなって、飯沢耕太郎（編著）『きのこ文学名作選』（2010）、飯沢耕太郎『きのこのチカラ――きのこ的生き方のすすめ』（2011）、田中美穂（編）『胞子文学名作選』（2013）、飯沢耕太郎（編著）『きのこ漫画名作選』（2016）など、きのこを題材にした文学やマンガに、にわかに光があてられるようになった。飯沢によれば、きのこは見つけようとしても見つからない。「むしろリラックスして、口笛でも吹きながら、いい加減にそのあたりを歩きまわっている」[8]と、大物が見つかることがある。きのこは合理的な戦略ではゲットできない。きのこは人間の意識をするりとのがれてしまうのだ。それはきのこが棲息する空間が「地下の森」（19）であることに対応しているのだろう。きのこはそこで、「死骸や落葉を分解して新たな生命につなげる役割」（130）を担っている。

8　飯沢耕太郎『きのこのチカラ――きのこ的生き方のすすめ』（マガジンハウス、2011）14頁。以下、引用文の直後の丸括弧内の数字は、このテクストの頁を示す。

「地下の森」は人間の無意識と似ている。フロイトは、ヒステリーの病因を明らかにするために、患者に過去の体験をたずねると、そこから複数の連想が生まれ、それらの連想は当初は相互に分離しているが、じょじょに連想たちが結びつき、「一つの家族で、その構成員同士が結婚もしているというような家族の系統樹」のようになってくると指摘した。分析をさらに進めると、「こんがらがった事態が新たに生じ」、「個々の症状についての連想連鎖が互いに関係を持ち始め、系統図はもつれて」くる。[9] 無意識は通常の知恵が理解できるように整序されていない。きのこがクリアカットに分類できなかったことを思い出してもいい。[10] 地上の樹木は、方向は逆だが「系統樹」としてイメージすることができる。それにたいして、きのこは「地下の森」で、「からみ合い、もつれ合って」、つながりが新たなつながりを生成させる。きのこをはじめとする胞子の振る舞いに魅せられた作家たちの文学作品を編集した田中美穂は、「異質な存在であるがゆえに、わたしたちを固定する論理や常識にもたやすく穴をあけ、思わぬ世界を開いてみせる。菌糸や原糸体のひろがりは、一見してまるで無関係のものをむすびつけ、出現させます」[11]、と「胞子文学」の通性を説明している。

「地下の森」と地上の樹木とが密接に関係しているというのは、どうやら文学的な幻視ではないようだ。森の中では必ずしも強い種が弱い種を絶滅させず、多様性が成立している。[12] それは、「地下の菌根菌が織りなすネットワークが異なる植物個体の根どうし

9 フロイト（芝伸太郎訳）「ヒステリーの病因論のために」、『フロイト全集』（岩波書店、2010）第3巻、229頁。

10 キャロル・キサク・ヨーン（三中信宏、野中香方子訳）『自然を名づける――なぜ生物分類では直感と科学が衝突するのか』（NTT出版、2013）274－275頁参照。

11 田中美穂（編）『胞子文学名作選』（港の人、2013）5－7頁。

12 「How trees secretly talk to each other」、https://www.youtube.com/watch?v=yWOqeyPIVRo

を地下菌糸で物理的に繋ぐことで植物間競争を緩和する」[13]かららしい。「樹木に定着する菌根菌は土壌中に菌糸を伸び広げ、その先で別の樹木個体にも感染・定着する」[14]ということは、「地下の森」のネットワークが、自存的に見える地上の樹木を相互につなぎ、つなぐだけでなく、共生させているということにほかならない。ＢＢＣはこの「地下の森」のネットワークを分かりやすく解説した動画を作成した。このネットワークは、人口に膾炙している〝World Wide Web〟にならって〝Wood Wide Web〟と呼ばれる。ただし両者のあいだには決定的な違いがある。飯沢耕太郎は、携帯電話のネットワークやインターネットでは、使用者は「どこか「つながっていなければならない」という強迫観念」(151)に駆られているように思われると述べる。〝Wood Wide Web〟では、ネットワークはその都度、最適のバランスをめざして自己組織化される。それにたいして、飯沢が違和感をいだく人工的なネットワークでは、自己意識から解放されない人間がいわばノードになり、データを滞留させたり変質させたりする。人間がネットワークの中で自己意識から解放され、ネットワーク全体が一つのユニットになる可能性については、後述する。ここではさしあたり、21世紀初頭に具象化したつながりのイメージが、さらに、自然界におけるミクロな存在とヒトとの連続性のイメージへと延びてきていることだけを押さえておきたい。

菌類が活躍する『もやしもん』は２００４年から２０１４年まで、『イブニング』と

13　門脇浩明、東樹宏和「土壌共生菌がつくりだす森林の多様性：大規模移入操作実験と最先端分子同定技術の融合」、日本森林学会大会発表データベース、２０１３年１２４回、https://doi.org/10.11519/jfsc.124.0.336.0

14　松田陽介「豊かな森が育む林床植物の菌根共生」、日本森林学会大会発表データベース、２０１６年１２７回、https://doi.org/10.11519/jfsc.127.0_704

『月刊モーニングｔｗｏ』に掲載された。『蟲師』から5年ほど遅れて連載が開始し、『蟲師』と同じくほぼ10年間連載されたことになる。あえて『蟲師』と比較したのは、どちらも、普通の人間には見えない小さな存在を見ることができる人間を主人公にしているからだ（図8）。蟲師にとっての蟲が、主人公沢木惣右衛門直保にとってのさまざ

図８『もやしもん』より©石川雅之／講談社

まな菌だ。蟲が人々の周辺に出現したように、菌もまた、もともとヒトに付着し、ヒトとともに生活している。『蟲師』でも『もやしもん』でも、蟲や菌という他者との共生は声高に主張されない。ただし、蟲が人間にとって善悪の彼岸にいたのに対し、『もやしもん』に登場する菌は、人間を攻撃するわけではなく、人間に親しい、悦ばしき他者である。ときに、菌は人間と同じ大きさでコマの中に描かれ、人間を観察し、人間焦点主義をやんわりと批判する。しかし菌は人間を攻撃するわけではない。菌は発酵によって醸造品を作ってくれる。菌は人間にとって有益である。その上、菌は最後には、人間にたいして教訓も垂れる。「君の営み 我々の営み／別々のようで同じなんだヨ それぞれの輪ではあるが／この世界は全てつながっているんだ[15]」と。

ぬか

梨木香歩『沼地のある森を抜けて』（２００５）は、消化し排泄する生物であるヒトにとっての菌ではなく、《私》にとっての菌の物語だ。主人公の久美がぬか床を譲り受ける場面から物語が始まる。ぬか床の中では複数の菌種が「絶妙のバランス」をとっているが、このバランスは人間が毎日手入れをすることで、「奇跡的に保たれ[16]」ている。どうやらこのぬか床は、手入れをする人間を選ぶらしい。ぬか床の菌は、「人の脳にま

15　石川雅之『もやしもん』（講談社、２０１４）第13巻、最終話。

16　梨木香歩『沼地のある森を抜けて』（新潮社、２００５）97頁。以下、引用文の直後の丸括弧内の数字は、このテクストの頁を示す。

で入り込み、思考や行動を決定してゆく」(100)。ぬか床に生息する菌と人間はつながっているのだ。物語が進むにつれて、家族も沼も自然全体までもが、ぬか床にたとえられるようになる。ドーキンスの「原始のプール」が作者の念頭にあったことは間違いないだろう。主人公の久美は、「遺伝子にとってみれば、乗り物である、個、人、が自分を主張し始めたというのは、全くの計算外だっただろう」(181)と考える。この場面で作者はドーキンスの向こう側へ踏みだす。ぬか床は、個であることが自明とされている人間が、再び個であることをやめ、他者と無防備につながる場所である。ぬか床の由来を知った久美は、酵母菌の研究をしている風野という男性とともに、先祖が眠るらしい土地に、そのぬか床を返しに行く。そこで出会った富士という男性が、次のように語る。

> ——それらのすべてが、それぞれすっかり独立して、壁のようなもの、いわばウォールで仕切られるように、他と混じらない、種になっているわけです。でも、まったくこの分類に当てはまらない進化を遂げていく流れがあったわけです。それがどの辺から分かれたものなのか。おそらく、こういう分類全て、空しくなるような、けれども奇妙にそれとシンクロしてやってきたような、別の流れ。ウォールをまったく無視するような流れ。(372)

17　梨木香歩『ぐるりのこと』(新潮社、2004)151頁。「ぐるりのこと」というタイトルは、きのこの観察会の指導者が口にした、「最近の子どもたちは身の回りのことに興味を持久美は、「ウォール」とは秩序のことだろう、と考える。これより前の部分ですでに久美は、細胞膜や細胞壁のような「ウォール」は、「内と外を隔て、内と外を作る。自己と他者を作る」(298)ことに思い至っている。ぬか床に導かれるようにしてたどり着いたこの沼は、「ウォールをまったく無視するような流れ」であり、そこでは、内と外、自己と他者の境界線は無効になっている。最後の場面で、久美は同行者の風野と性交したらしい。「らしい」、と推測形でしか書けないのは、二人の交わりが、個としての二つの肉体のつながりを示唆するような表現によってではなく、植物と鉱物のイメージが折り重なるようなかたちで描かれているからだ。二人の「あいだのあらゆる接触面が、様々な受動と能動の波を形作り、個をつくっていたウォールを崩し、ひとつの潮を呼び込もうとしている」(403)というのが、エクスタシスの瞬間、つまり、個が自分自身から抜け出る瞬間の描写である。

梨木は『沼地のある森を抜けて』を発表する前年（２００４）に、『ぐるりのこと』というエッセイを発表している。その中で梨木は、相反するように思われる「群れへの回帰性と個への志向性のようなもの」[17]がつつましいかたちで両立しうる人間を見てきたと述べている。[18] 21世紀の初めフィクションのなかでは、「ぐるり」で《私》に蝟集する蟲や菌たちが可視化され、それらとの共生が描かれ、「個」としての《私》が「ぐるり」とつながった。２０１０年代に入ると、それらとの有益な共生が思想として自覚され語

たなくなった。こういう菌糸類は身の回りに沢山あります。自分のぐるりのことにもっと目を向けて欲しい」（同書、93頁）、という言葉からとられている。

18　大井玄は「アトムのようにバラバラで自立した行動」をとる「アトム的自己」と「意思決定や行動において周囲とのつながりを無意識的にとり入れている」「つながりの自己」を区別する。大井によれば、人口収容能力が限界に達していたはずの江戸時代に、人々が「平和と美しい環境を維持し、庶民が幸福に暮らすこと」ができたのは、「つながりの倫理意識」のおかげである。大井玄『環境世界と自己の系譜』（みすず書房、２００９）１０４、２５０頁。公衆衛生学者である大井は、エイズに対する反応についての国民性の違いも考察している。同書の「Ｉ－４　不快刺激対応の文化差」を参照。

られるようになる。

発酵

２０１７年に刊行された『発酵文化人類学』の著者である小倉ヒラクは、『もやしもん』を愛読するだけでなく、『もやしもん』に潜在していた世界の新しい見方を言語化することに成功している。発酵研究と文化人類学という、「普通だったら絶対に交わらないはずの線がつながってしまった[19]」ことが、それを可能にした。小倉は、「微生物の目線で社会を見てみよう」、と提案する。小倉はまず、人間の体内において微生物が免疫システムによる攻撃を免れていることに注目する。免疫システムは他者であるはずの微生物を排除せず、どうやら微生物と共生しているらしい。これによって身体の秩序が維持される。この共生を助けるのが発酵である。小倉は、社会が「微生物たちの世界で起こることとの相似系」（189）だとして、次のようにアナロジーする。

マリノフスキーやモースおじさんが発見した「文化人類学的」贈与の世界は、第二次世界大戦以降、過剰なエゴによる個人主義と等価交換が引き起こした争いで消耗した近代西欧社会に対するカウンターカルチャーの象徴になった。／その再来を、

19　小倉ヒラク『発酵文化人類学』（木楽舎、２０１７）19頁。以下、引用文の直後の丸括弧内の数字は、このテクストの頁を示す。

21世紀の日本に生きる僕たちは「発酵的」贈与の世界に見出し始めている。個人対個人の、市場原理に基づいたコミュニケーションではなく、共同体のなかで、愛と贈与の原理に基づくコミュニケーションの可能性を夢見ている。(190)

小倉は慎重に、「可能性を夢見ている」、と結んでいる。発酵が可能にする、ヒトの身体と体内の微生物が共生する共同体から、「愛と贈与の原理に基づくコミュニケーション」で維持される共同体へのアナロジーを阻むのが、自己意識を持ったノードとしての人間、梨木の言葉をかりれば、「ウォール」である人間の「個への志向性」だ。この共同体を実現するいちばんてっとりばやい方法は、自己意識や「個への志向性」を消失させてしまうことだ。だが、そこで実現するのは、共同体ではなく集合体だろう。この二つの概念の区別については、この章の最後に論じることにして、今しばらくは、ミクロな他者とヒトとの関係に照準を合わせたい。

2015年、情報学研究者ドミニク・チェンは発酵関連の施設を取材した経験をもとに、「ドミニク チェンの「醸され紀行」 発酵食はクリエイティヴ・コモンズである!!」、という記事を発表した。チェンはインターネットと発酵をアナロジーする。

ここで、インターネットを巨大な糠床の容器にたとえてみましょう。そこでは無数億の酵母菌やカビ菌（＝ユーザー）が、多様な栄養源をもつ糠（＝デジタル情報の総体）の中で日夜蠢いており、そこに漬けられた食物（＝デジタルな作品、情報）を発酵（＝リミックス、ブラッシュアップ）させて、おいしい味としての発酵食（＝新しい作品、情報）をつくり出している。[20]

2017年にはチェンと松岡正剛との対談が、『謎床――思考が発酵する編集術』というタイトルで刊行された。チェンは、クリエイティブ・コモンズ（CC）という知の生態系とファーメンテッド・フーズ（FF）という食の生態系は、変化、リミックス、撹拌というリアリティを共有している、と述べたあとで、両者の相違点を、「CCが近代的な個人や個体というものをベースにしている情報の生態系だとすると、FFはよりその個体性が集団の集団性というか、菌というシステム全体の中にある、よりシステム論的なロジックが働いている世界だ[21]」と説明している。ここでもまた、「近代的な個人や個体」と「システム全体の中にある」個体性とが区別されている。前者が後者にたいして称揚されているわけでは、もちろんない。しかしながら、「近代的な個人や個体」の自己意識が「システム論的なロジック」にブレーキをかけると、創発は実現しない。松岡の言い方を借りれば、松岡とチェンは「近代的な個人や個体」でありながら、「冒頭から二人でまぜまぜをやりとりするようにした」（358）。二人が創発を論じながら創発を

20 「ドミニクチェンの「醸され紀行」　発酵食はクリエイティヴ・コモンズである!!」、『WIRED』Vol.17（GQ JAPAN 2015年8月号増刊）、89頁。

21 松岡正剛、ドミニク・チェン『謎床――思考が発酵する編集術』（晶文社、2017）255頁。以下、引用文の直後の丸括弧内の数字は、このテクストの頁を示す。

22 ドミニク・チェン「As microbes ferment 微生物が発酵するごとく」、『FERMENT MEDIA RESEARCH』Vol.1 https://wired.jp/series/ferment-media-research/01_microbes/

23 神尾達之「感染の表象・表象の感染―1990年代の日本のサブカルチャーにおけるポスト生物学的な身体イメージ―」、『早稲田大学教育学

実践できたゆえんだ。

ドミニク・チェンは２０１７年4月から「FERMENT MEDIA RESEARCH／発酵メディア研究」というプロジェクトを展開し、その成果を『WIRED』のウェブサイト上で公開している。さまざまな角度から発酵という現象にアプローチすることで、情報社会におけるそのポテンシャリティの深さをさぐる試みである。このプロジェクトは、チェンが２００９年に発案した「FERMENT MEDIA RESEARCH／発酵メディア研究」という研究開発機関の構想から出発している。チェンは２０１７年の時点で、それが「今日まで実現に至らなかった」が、「7年前のわれわれの問題意識がいまも持続している」[22]、と回顧している。その「7年間」が発酵に要した時間だったのだろう。ついでながら、本書は発酵までかなりの時間を要した。２００４年にアイデアが浮かんだが[23]、ぬか床はほとんど[24]放置されていた。２０２０年初頭、微生物ならぬウイルスが、正確に言いかえれば、ウイルスの表象が私の脳内の乾いたぬか床にたまたま入り込み、それが１９８７年のしるしであったウイルスと結びついてくれたおかげで[25]、ぬか床が再活性化した。

菌という自分

ぬか床は手でかき混ぜなければならない。『沼地のある森を抜けて』は、主人公がぬ

部学術研究—外国語・外国文学編—』第52号（２００４）、77－95頁と、Tatsuyuki Kamio: Subject Subjekt. In: Natascha Adamowsky und Peter Matussek (Hrsg.): Auslassungen. Leerstellen als Movens der Kulturwissenschaft. Würzburg: Königshausen & Neumann, 2004. S.375-380という2つの作文が、その無残な痕跡である。

24　そのかん報告書を提出せざるをえなかったので、神尾達之「つながりのつながり—微生物、ともだち、ゾンビ—」、『早稲田大学教育学部学術研究—人文科学・社会科学編—』第64号（２０１６）、２４１－２６０頁という作文はアウトプットしたが……。

25　プリンスの"Sign "☮" the Times"が未発表曲や未発表ライブとともに、スーパー・デラ

か床という予想もしていなかった「家宝」(12)を引き取らざるをえなくなる場面から始まった。ぬか床と人間の手には相性があり、相性が悪いとぬか床は「呻く」(18)らしい。ぬか床の菌と手の菌とがつながらなければならない。1990年代のなかごろから、日本人は身体の表面から菌を排除するようになった。菌はいまわしい存在だから、菌との接触はできる限り避けねばならないというので、抗菌グッズが発明された[26]。菌の受難期がしばらく続く。しかしながら、『沼地のある森を抜けて』が刊行された00年代の前半には、抗菌グッズに抗う言説が登場する。菌の有用性が見直されるようになるのだ。藤田紘一郎『寄生虫はつらいよ――右も左も抗菌グッズ 清潔病で世界一ひ弱になった日本人へ』(2002)、藤田紘一郎『バイ菌だって役に立つ――清潔好き日本人の勘違い』(2002)、藤田紘一郎『日本人の清潔がアブナイ!』(2003)、井上真由美『カビの常識 人間の非常識』(2004)、青木皐『菌子ちゃんの美人法』(2006)、宇津木龍一『「肌」の悩みがすべて消えるたった1つの方法――美肌には化粧水もクリームもいりません』(2012)、平野卿子『肌断食――スキンケア、やめました』(2013)などだ。たとえば青木皐は『人体常在菌のはなし――美人は菌でつくられる』(2004)のなかで、ヒトの身体の表面に棲息する無数の皮膚常在菌について、「皮膚常在菌は、皮膚上で皮脂と汗を大好物として暮らしているのである。そして、彼らの産生物質は、外部から侵入しようとする他の菌を死滅させる働きをもつ[27]」、とその効用を

ックス・エディションとして2020年9月に発売されたのも、たまたまかもしれない。

26 小野芳朗『〈清潔〉の近代――「衛生唱歌」から「抗菌グッズ」へ』(講談社、1997)を参照。「抗菌グッズ」を三大紙のデータベースで調べてみると、「より清潔に抗菌グッズ、MRSA対策も高性能繊維で効果期待」、『毎日新聞』東京夕刊、1993年3月18日;「第一勧業銀行が抗菌キャッシュカード採用 〝清潔さ〟女性にアピール」、『読売新聞』東京朝刊、1995年7月4日;「抗菌」、『朝日新聞』夕刊、1995年7月27日が、三大紙における「抗菌グッズ」の初出である。

27 青木皐『人体常在菌のはなし――美人は菌でつくられる』(集英社新書、2004)93頁。

28 皮膚常在菌が私たちを外敵

説明する。[28]

本書はあくまでも表象の変化に着眼しているので、これらの書籍で説かれている教えの、現時点での「科学的」な信憑性を問う必要はないのだが、このような言説にやや遅れて、菌をめぐる「科学的」な言説が登場したことも付言しておきたい。２０１４年、世界保健機関（ＷＨＯ）は、抗生物質の使いすぎについて、「多くの関係者たちが早急に協力して行動しなければ、世界は「ポスト抗生物質時代」に向かう」[29]、と警鐘を鳴らした。抗生物質にたいして耐性を持つ細菌が増えてきたからである。

皮膚というフィールドでは、ジェノサイドではなくシンビオーシスが新たな戦略になる。かつて鴻英良は、１９８０年代は深さをもたない「表層の時代」だったのに対し、90年代は、「皮膚が自／他の境界であることをやめたために起こる」エイズ患者の「皮膚の表面にできる病斑」が象徴するように、「皮膚の崩壊の時代」である、と指摘した。[30] この区別を引き継げば、21世紀初頭の肉体の表象は、「表層の時代」の復活ではなく、「つながる皮膚の時代」と呼ぶことができるかもしれない。

この戦略は、《私》の身体の内と外のインターフェイスに密集するミクロな他者たちだけを対象としていたのではない。自身の内に宿るミクロな他者もまた、《私》の身体を維持する大切な仲間である。90年代半ばにミトコンドリアをヒトの内なるミクロの敵としてブレイクさせた瀬名秀明は、00年代にはミトコンドリアの名誉挽回をはかる。２

から守ってくるだけでなく、皮膚、特に手の皮膚は他者との絆を深めてくれるという主張もめだってくる。たとえば、山口創『手の治癒力』（草思社、２０１２）、傳田光洋『皮膚感覚と人間のこころ』（新潮社、２０１３）を参照。３・11以降だ、という事実だけ確認し、これ以上つなぐのはやめておこう。

29　"WHO's first global report on antibiotic resistance reveals serious, worldwide threat to public health" https://www.who.int/news-room/detail/30-04-2014-who-s-first-global-report-on-antibiotic-resistance-reveals-serious-worldwide-threat-to-public-health

30　鴻英良『二十世紀劇場―歴史としての芸術と世界』（朝日新聞社、１９９８）８–10、39頁。

000年に、瀬名とミトコンドリアの研究者である太田成男の共著として、『ミトコンドリアと生きる』が出版された。これは2007年に文庫化されるさい、『ミトコンドリアのちから』と改題され、内容も一新されている。7年のあいだにミトコンドリアに関する認識がさらに進んだこともあるが、著者たちが言うように、このかん「世界的に「**健康**」への関心がとても強くなってきた[31]」ことにも起因する。その流れのなかでクローズアップされた内なるミクロな他者は、ミトコンドリアではなく腸内細菌だ。

腸内細菌に関する科学啓蒙書は1970年代後半から細々と出版されていた。ただしそのほとんどが、「善玉菌」と「悪玉菌」の名付け親とも言われている光岡知足によるものだ。藤田紘一郎による科学啓蒙書が加わるのは、1990年代の半ばあたりからだが、2005年頃からは腸内細菌への関心が高まる。世界的に見ても、"National Library of Medicine"のサイト内にある、文献の引用回数を示す"PubMed[32]"で"microbiome"を検索すると、この前後から、研究論文や報告の数が増加していることが分かる。たとえば、藤田紘一郎『脳はバカ、腸はかしこい』(2012)では、腸内細菌が「免疫力のおよそ70%を作っている」ばかりではなく、「脳の発達や行動にまで影響を及ぼして[33]」いることが指摘されている。腸と脳はつながっていると説かれる。2015年あたりからは、類書が翻訳されるようになってきた。そのなかでもとくに注目されているのが[34]、デイビット・モントゴメリー、アン・ビクレー『土と内臓――微生物

31　瀬名秀明、太田成男『ミトコンドリアのちから』(新潮文庫、2007)11頁。

32　https://pubmed.ncbi.nlm.nih.gov/

33　藤田紘一郎『脳はバカ、腸はかしこい』(三五館、2012)78頁。

34　『朝日新聞』2019年7月6日朝刊の「売れてる本」に取りあげられ、2021年11月5日時点では、amazon japanの「微生物学」と「医学」の売れ筋ランキングで二位になっていた。

がつくる世界』だ。ここでは、植物の根とヒトの腸が次のように比較される。

植物の中であれ人体内であれ、宿主と小さな借家人の双方に有益な協力関係を築く微生物に対して、進化は有利にはたらいてきた。これはおそらく偶然ではない。この世に登場して以来、人間は共生生物を身体に住まわせてきたのだ。私たちの内なる土壌に棲むのと同じ種類の微生物は、土壌中にもいて植物の病気を抑えるのに役立っているものがいる。[35]

植物の根と微生物が地中でつながるのと同じように、ヒトの消化管と微生物も腸でつながっている。《私》ならぬヒトは、植物と同じように、周囲の微生物と一つのシステムをつくる。ヒトの身体においてはミクロなレベルの共同体が成立しているのだ。ヒトと植物のそれぞれにおけるこのような実体的なつながりに加えて、植物とヒトがともに同じ構造を示すという類同性も、植物とヒトをつなげている。つながりがつながっている。

35 デイビット・モントゴメリー、アン・ビクレー『土と内臓――微生物がつくる世界』(築地書館、2016〈2016〉) 312頁。

ゾンビ

実体的なつながりが消失するとき、生命を維持する共同体は崩壊する。かつて森鷗外は、「死といふものはあらゆる方角から引つ張つてゐる糸の湊合《そうがふ》してゐる、この自我といふものが無くなつてしまふのだと思ふ[36]」、と書いた。つながりがなくなると、死がおとずれる。しかし、死んでいるのに生きていることができる（非）生物がいる。ゾンビだ。ゾンビには「自我」はない。が、ゾンビは動くことができる。西山智則によれば、ゾンビは1978年に上映されたジョージ・A・ロメロ『ゾンビ』以降、「映画、ゲーム、コミック、小説とジャンルを横断し爆発的流行《パンデミック》を繰り返し、様々なテクストを「生」み出している[37]」。サブカルチャーの優等生とでもいうべきゾンビは、しかし、フィクションのなかだけで跳梁跋扈していたのではない。ゾンビとして動くことの愉悦感は、生きながらひとときゾンビになる人々を増殖させた。

一年に一回、人びとが生きながらゾンビになることが許されている日がある。日本のハロウィーンだ。2015年の『朝日新聞』によれば、ハロウィーンにおけるゾンビの人気が高いらしい。あるメイク講師は、「今年は血のりを使ったり、傷口を作ったりするメイク技術が浸透し、ゾンビがさらに広まる[38]」、とみていた。この年、ユニバーサル・スタジオ・ジャパンは、ゾンビにふんして、マイケル・ジャクソンが歌う「スリラ

36　森鷗外「妄想」、森鷗外『妄想　他三篇』（岩波文庫、2019）13頁。

37　西山智則『恐怖の君臨――疫病・テロ・畸形のアメリカ映画』（森話社、2013）115頁。

38　『朝日新聞』夕刊、2015年10月20日。

ー」を踊る「顧客参加型のイベント」を開催した。一般社団法人・日本記念日協会は、国内のハロウィーンの市場規模が拡大を続け、バレンタインデーと並ぶ規模になったのは、「東日本大震災以降、『つながり』を重視し、皆で一緒に楽しむことを好む世相を反映し、ハロウィーンに注目が集まった」からだ、と分析した。[39] これは2015年のハロウィーンに限られたことではない。2016年の『朝日新聞』は、「魔女やドラキュラ、ゾンビなどさまざまに仮装した人たちが街に繰り出す。外国人も驚くほどの日本での熱狂ぶり。一体なぜ？」というタイトルの記事で、ハロウィーン人気が高まったのは2010年代からであり、それを先導したのは20代前半から30代前半の若者たちで、「仲間や友人同士のつながりを重視し、異性にもてるより同性から共感を得ることへの関心が高い」[40]、という、立教大大学院ビジネスデザイン研究科の田中道昭の分析を紹介した。ハロウィーンが、仮装することで初対面の人々とひとときつながることができるチャンスとして機能していることは、「ハロウィーン：夢の夜　つながり求め東京・渋谷へ」と題された、2018年の『毎日新聞』の記事からも読みとることができる。ハロウィーンに参加する動機をたずねられた30代の女性は、「どこかで人とつながりたい気持ちがちょっとある」[41]、と答えた。つながりへの欲望に駆動されている若者たちは、仮装の種類としてたまたまゾンビを選んだにすぎない。そう考えることもできる。しかし、つながりへの欲望を充たすさいに、ゾンビという外見が選好されることを、時代の一つの

39　『毎日新聞』大阪朝刊、2015年10月28日。

40　『朝日新聞』朝刊、2016年10月23日。

41　『毎日新聞』東京夕刊、2018年11月1日。

徴候として解釈することも許されるだろう。もちろん、それなりの説得力がともなえば、だが。試してみよう。

永山薫はゾンビマンガの系譜を論じたエッセイのなかで、花沢健吾『アイアムアヒーロー』を、「リビングデッド・パニック路線の最高傑作」[42]と位置づけている。２００９年から２０１７年まで『週刊ビッグコミックスピリッツ』に連載された『アイアムアヒーロー』では、いささか古くさい言い方をするならば、ゾンビマンガが脱構築されている。ゾンビは歩きまわり、食らいつくことだけが使命だ。ゾンビはかろうじてヒトの姿をとっているが、《私》ではない。自己意識はない。だからゾンビの内面世界を読者はのぞきみることができない。ところが、『アイアムアヒーロー』ではゾンビが見る光景がわずかに言語化される。正確にいえば、ゾンビ化しそうになった当事者の経験が語られる。主人公の英雄に同行する女子高生の比呂美は、逃避行の途中でウイルスに感染する。ただし、歯が生えていない新生児が感染源だったために通常の感染には至らず、比呂美はゾンビになることをあやうくまぬかれた。比呂美は感染中の感覚を思い出す。それによれば、感染しているあいだは、「ライブの開演前みたいな…」一体感があって、「みんなつながっていて、気持ちも同じ方向を向いていて全然さみしくなくて…」[43]、楽しかった。ウイルスに感染し、ゾンビになることは、ネガティブな状態ではなく、孤独を脱して、つながりを体感することができるポジティブな状態として思い描かれるよ

42　永山薫「生と死のトワイライト――ゾンビコミックのパンデミック」、『ユリイカ　特集：ゾンビ』２０１３年２月号、75頁。

43　花沢健吾『アイアムアヒーロー』（小学館、２０１３）第13巻、第１５５話。以下、引用文の直後の丸括弧内の数字は、このマンガの巻数と話数を示す。

44　この感覚は、『ぼくの命を救ってくれなかった友へ』のなかで哲学者ミュージルが語る感覚と酷似している。「ぼく」、すなわちギベールは、エイズが猛

うになる。比呂美はそのような悦ばしきゾンビの境位に入ることはできなかった。目が覚めたのだ。それは救済のはずだ。しかし彼女はその瞬間、「心の中に誰もいなくなって、／ひとりがこんなにさみしいんだ」（13、15）、と感じる。ゾンビになることで、純粋な身体として他者たちとつながることができたという、通常の感覚からすれば倒錯的な経験が思い出されている。▼44 仮装して、ポジションやキャラやマウンティングから限りなく遠く離れ、純粋な身体になることができれば、数知れぬ他の純粋な身体たちとダイレクトにつながることができる。ただし、スクランブル交差点でのハイタッチは、ゾンビの捕食と異なる点が一つある。純粋な身体のつながりが一時的な、一年に一度のものなのか、永続するのか、という違いである。

ゾンビに噛まれた人間がゾンビになり、感染によってゾンビがつながるというのが、一般的なゾンビ物のパターンである。ゾンビは地上を活動範囲とする。『アイアムアヒーロー』ではゾンビは「ZQN」と呼ばれるが、この水平的につながりつづけるZQNたちが、ある時点から、巨大な塊に変態し、立体化し、空中を移動するようになる（図9）。さながら、つながりの臨界点が超えられて、個別的かつ累積的なつながりが、一つのつながりの生体へと相転移したかのようだ。サイト上の匿名掲示板には、どうやらこの巨大ZQNないし、それへの同調者が書いたと思われるメッセージが出現する。ハンドルネームは「名も無き集積脳」だ。「生命の最終的な目的は多様性ではなくひとつ

威を振るっている頃、サンフランシスコのゲイたちが集うサウナに出入りしていたミュージルをいさめようとする。それにたいして、ミュージルはサウナでの体験を次のように描写する。「それどころか、サウナにあれほど多くの人がいたことはなかった。すばらしかったよ。恐ろしいという雰囲気のなかで、かえってみんな結束し、あらたなやさしや連帯がつくりだされている。ひとことも言葉を交わさなくとも、いまでは話が通じるんだ。みんな自分がなぜそこにきているのか、はっきりわかってるんだよ」。エルヴェ・ギベール（佐宗鈴夫訳）『ぼくの命を救ってくれなかった友へ』（集英社、1992）24頁。ミュージルという名は、オーストリアの小説家ムージルからとられているが、ギベールがミュージルという固有名をもつ人物に流し込んだモデルは、フーコーだと推測されている。

図９　『アイアムアヒーロー』より©花沢健吾／ダーチャ

になることだ　生と死を超えた存在になるんだ」、というこの「名も無き集積脳」の書き込みを読むと、ZQNがめざしている方向がみえてくる。それは共同体ではなく、集積体だ。ゾンビたちは「人間」をやめ、「アリやハチと同様、単純な社会性動物」に変じている（16、189）。差別のない[45]このようなゾンビ集積体は、少なくともイメージの点では、ホッブズが著した『リヴァイアサン』の口絵を思い起こさせる（図10）。中央の巨人リヴァイアサンは「国家」をあらわしている。国家がなければ、**「万人の万人に対する戦争が絶**

45　巨大ZQNが登場する以前、すでに人間がこの掲示板に、「学歴も美貌も金も権力もカリスマも関係ない　かまれたらみんな平等にZQN　最高じゃん！　LOVE & PEACE!!」（5、56）と書き込んでいる。

46　ホッブズ（角田安正訳）『リヴァイアサン』（光文社古典新訳文庫、２０１４）第１巻、２１６頁。以下、引用文の直後えない」[46]。リヴァイアサンが登場する前の人間の生活を、ホッブズは次のように描いている。

図10　トマス・ホッブス『リヴァイアサン』表紙

の丸括弧内の数字は、このテクストの頁を示す。

47　『アイアムアヒーロー』だけでなくゾンビ物では、リーダーは排除されなければならない。荒木飛呂彦は、ゾンビ映画の巨匠であるジョージ・A・ロメロが、2005年に発表した『ランド・オブ・ザ・デッド』において、ゾンビたちのリーダーを登場させたことに憤慨して、次のように述べている。「ゾンビ映画にルールがあるとするなら、それは「平等・無個性なゾンビたちにリーダーがいてはならない」と考えているからです。[…]ゾンビの本質とは全員が平等で、群れて、しかも自由であることで、そのことによってゾンビ映画は「癒される」ホラー映画になりうるのです」。荒木飛呂彦『荒木飛呂彦の奇妙なホラー映画論』(集英社新書、2011)61頁。ゾンビのこのような性格は、19世紀のホラーそして何よりも悪いことに、絶えざる恐怖感と、暴力によって横死《おうし》する危険とにつきまとわれる。人間の生活は、孤独で、粗末で、不潔で、野蛮なものとなる。寿命は短くなる。（218）

万人の万人に対する戦争状態を予防するのが国家という共同体だとすれば、差別のない世界を実現するのが、あのゾンビ集積体だ。ゾンビ集積体とリヴァイアサンによる共同体との決定的な違いは、後者においては、多数の臣民にたいしてその上に立つ主権者がいるということである。ゾンビ集積体にはリーダーはいない。▼47 ZQNはたとえばクーデタによって特定の古い国家システムを壊し、新しい国家システムをうち立てるのではなく、「個人」としての「人間」を最小限の単位とする国家というシステムそのものを崩壊させる。そこで実現する集積体を構成するのは、動きつづけるゾンビたちのつながりだけだ。ZQNたちは、ケーブルやサーバーやプログラムなどで構築されるネットワークなしに、直接つながることができる。▼48 血と肉によって。アメリカでインターネットの原型ができた10年以上も前、1958年に、レヴィ＝ストロースがインターネットとゾンビを対比させて論じた。そう妄想してみよう。

なぜなら、三万の人間は、五〇〇人と同じやり方では一つの社会を構成することは

を代表するキャラの一つであったドラキュラと比較してみると、より明確になる。ドラキュラは貴族であり特権的な個人であった。それにたいして、ゾンビたちは特権も名前も持たず、常に複数形で登場する。『アイアムヒーロー』の主人公（！）の名前は「英雄」だが、「俺は英雄［ヒーロー］じゃなくていいんだ」（1、7）、と告白する。ゾンビの世界では、国家もヒーローも不要で、究極の平等が実現している、ようにも誤解できる。

48　オリバー・ラケットとマイケル・ケーシーは、SNSを"Social Organism"とみなし、次のように述べている。「今、あらわれつつあるのは、巨大で、息づいていて、つねに進化している、全体がもつれあったようないわば超・有機体であり、その触手はツイッターやフェイスブックのプラットフォームよりもさらに遠くまで広がっ

できないからである。第一のばあいには、コミュニケーションは、人と人のあいだに、つまり個人間コミュニケーションの型の上におもに成り立っているのではない。「発信者」と「受信者」（コミュニケーション理論の言葉でいうならば）がつくる社会的実体は、「符号」と「中継」の錯綜の背後に消えてしまうのである。［…］つまり、一方は、原初において、伝統的でアルカイックなものとして認められた生活様式であり、それは何よりもまず、真正の社会の様式である。他方は、より後になってあらわれたもので、第一の型もたしかにそこに不在なのではないが、不完全にまたは不十分に真正な諸集団が、いっそう広大な、それ自体まがいものの刻印を打たれている体系のもとに、組織されているのである。▼49

「個人間コミュニケーション」においては、複数の人間が対面するさいには五感が駆使され、その対面が愛にまで高まるときには、性器が一対の身体を合一させる。「真正の社会の様式」は強度の違いはあれ、記号としての言葉だけではなく、身体が「発信者」と「受信者」とを媒介する。だが、身体的な媒介はつながりの効率が悪い。「「符号」と「中継」の錯綜」によってつながるネットワーク」は、逆に、つながりの効率が激烈に高い。そこでは、身体的な媒介は限りなく縮減されるだろう。

「「符号」と「中継」の錯綜」によってつながるネットワーク」は、２０２２年現在、

ている。それは現在、15億余のインターネット・ユーザーや10億を超えるウェブサイトを抱え、internetstats.orgによるならば、毎日20億ギガバイトを超えるデータを処理するために毎時2テラワットを超える電力を消費する化け物のような存在だ」。オリバー・ラケット、マイケル・ケーシー（森内薫訳）『ソーシャルメディアの生態系』（東洋経済新報社、２０１９）４０１頁。原著は２０１６年に刊行された。二人は、『アイアムアヒーロー』に登場する巨大ＺＱＮをおそらくは知らなかったのだろう。妄想に妄想を重ねることが許されるならば、二人はそれを知っていたがゆえに言及しなかったのかもしれない。

49　クロード・レヴィ＝ストロース（荒川幾男、生松敬三、川田順造、佐々木明、田島節夫訳）『構造人類学』（みすず書房、1972<1958）４０９頁。

激烈な速度でつながりをつなぎつづけている。一方で、身体的な媒介を原理とする「個人間コミュニケーション」は、「そこに不在なのではないが」限りなくミニマムになるはずだ。しかしながら、この時代に登場した震美的なゾンビ集積体は、「まがいものの刻印を打たれて」いない「真正」の身体である血と肉によってつながりつづける。身体が、というよりも肉体がダイレクトにつながる。しかも、愛の言葉もためらいもなしに。友達が虚点となり、社会が無縁化しつつある時代、《私》にとって、「不在なのではないが」限りなくミニマムになってしまった身体的な「個人間コミュニケーション」への欲望を充足することは困難になった。だからこそ、身体的につながることへの充たされない欲望が、他者の意思を問うことなく、他者の肉体にダイレクトに嚙みつくことでつながりつづけるという想像力の単純な回路へと、いっきょに流れこんだのではないだろうか。

２０２０年、人々はフィクションやイベントではなく、日常の世界でも、身体レベルで激しくつながった。あたかも「個人間コミュニケーション」が復活したかのようだ。ただし、それは私たちの意識を経由しない、あくまでもミクロレベルの結合であり、かつ、このうえなく忌まわしい。人間、つまりそれ以上は不可分とされた個人(individual)たちが、親愛の情を双方の手の平の接触によって表明することすら忌避されている。それだけではない。愛と決断を媒介にして身体的に結合することも困難にな

50　https://www.mhlw.go.jp/toukei/saikin/hw/jinkou/geppo/nengai20/dl/gaikyouR2houdou.pdf
51　令和２年度厚生労働行政推進調査事業費補助金（厚生労働科学特別研究事業）研究「新

っているようだ。厚生労働省がとりまとめた令和2年人口動態統計月報年計（概数）[50]によれば、日本の出生数は過去最少になり、5年連続で前年の出生数を下回った。出生数の減少は、身体どうしのつながりの減少を必ずしも意味しない。慎重に推測しよう。2020年、20歳から69歳の日本人男女1万人を対象にして、「一般社会における性行動の実態、妊娠や避妊への意識や行動の調査（コロナ禍における第一次緊急事態宣言下の日本人1万人調査）」が実施された。そこに掲載されている「セックス頻度の変化」のグラフでは、コロナ禍における日本人のセックス頻度が、「減った」、「変わらなかった」、「増えた」、「していない」の四つに区分されて示されている。「変わらなかった」と「していない」が多いが、「減った」と「増えた」だけを比較すると、どの年齢層でも、男女の別を問わず、「減った」のほうが多い。[51]身体的なつながりは、少なくとも日本においては減少している、といっても過言ではないだろう。他方、コロナ禍においては、インターネットの通信量がおおはばに増加している。[52]人々は、新型コロナウイルスによってつながられることを恐れ、身体ではなく、電気信号によってつながるようになった。意識と身体によって媒介された「個人間コミュニケーション」は、不安からにせよ要請からにせよ、さらに縮減される。より多くの人々が、自らの内面と外面とをいったん電気信号に変換することをよぎなくされる。エイズとは異なり、人々は性行為をしなくても、ミクロレベルの身体でつながりつづける。それに並行するかのように、「「符号」と

型コロナウイルス感染症流行下の自粛の影響——予期せぬ妊娠等に関する実態調査と女性の健康に対する適切な支援提供体制構築のための研究」は、「一般社会における性行動の実態、妊娠や避妊への意識や行動の調査（コロナ禍における第一次緊急事態宣言下の日本人1万人調査）」にもとづき、「COVID-19の流行下における、妊娠、避妊に対する意識と行動の実態調査および若年者への啓発・教材作成の取り組み」を目的としている。https://www.jaog.or.jp/wp/wp-content/uploads/2021/05/901bf8dda9a735b9dcd613c93c3ed9b3.pdf

52 総務省総合通信基盤局データ通信課「新型コロナウイルス感染症の影響下におけるインターネットトラヒックの推移について」を参照。https://www.soumu.go.jp/main_content/000692609.pdf

ている。

「中継」の錯綜」によってつながるネットワークも「いっそう広大」につながりつづけ

2022年初頭までのつながりのつながりについての物語を、ここで断ち切ることにする。

7．1976年：芳香の広がり

説明モデル

感染にせよ、寄生にせよ、共存にせよ、共生にせよ、インターネットにせよ、友達にせよ、絆にせよ、SNSにせよ、つながりのつながりはそのようにつながっているのか、それとも、つながりのつながりは私が恣意的にそのようにつなげているのか。最終章ではこの問いに答えたい。

つながりのつながりを説明するモデルは、三つ想定することができる。それぞれ、「原理説」、「妄想説」、「時代説」、と、とりあえず名づけておこう。「とりあえず」と書いておいたのは、この三つ以外の説明モデルが浮上するかもしれないからである。

原理説モデルは、人類史が開始した時点から、生物としてのヒトの進化や、知的な存在としての人間の歴史は、一方向のつながりだけではなく、偶発的な感染によって規定されてきたと考える。たとえば、ドゥーリトル「生命のルーツはひとつなのか」は、ダーヴィンが地球上のすべての生物の系統をたどっていくと、生命の起源である一つの祖先に行き着き、それらすべての生物の進化は一本の系統樹として示せるはずだと考えていたことを批判し、次のように述べている。

もちろん、遺伝子は世代から世代へと垂直に受け継がれていくが、細胞の進化に影

1　ドゥーリトル（岩部直之、隈啓一、宮田隆訳）「生命のル

響を与えたのは、このような垂直の継承だけではない。横方向や水平方向の遺伝子移動も、進化に大きな影響を及ぼした。遺伝子の水平移動とは、親細胞から子孫細胞に伝わるのではなく、種の壁を超えて、１つの遺伝子や、ひとそろいの遺伝子群が受け渡されることだ。[1]

古来、遺伝子の移動は、単純な系統樹のかたちだけでなされたのではなく、「種の壁を超え」た「水平移動」も起こったというのは、事後的に見れば、別系統のつながりが本筋のつながりにつながることが例外的な事態ではなかったということだ。

　このモデルは、生物の進化についてのみあてはまるのではなく、人間の意識の変遷にも見てとることができる。アナール学派の歴史学者マルク・ブロックによれば、人間の歴史にとっての「現実」とは、「人間の意識を通してつながれる関係、意識がその土壌となる感染［contaminations］、さらにいえば混乱[2]」のことである。生体的にも心的にも、私たちは、異種混交的につながっている。原理説モデルは、このテクストを書いている説明者としての私を消去することができ、ここまでの記述に客観性のころもをまとわせることができるので、とても頼もしい。

　それにたいして妄想説とは、文字どおり、そのように説明する語り手である私の妄想が複数のつながり現象をつないでいる、とするモデルである。妄想といわずに、穏やか

ーツはひとつなのか」」、『日経サイエンス』２０００年５月号（ＰＤＦ版）、69頁。この論文の原題は、“Uprooting the Tree of Life”（生命の樹を根からひっこぬく）である。この論文の結びでは、遺伝子の水平移動という考え方が、「ダーウィンが私たちに残してくれた、単一の生命から枝分かれした系統樹を描き出すという仕事に失敗したかのように」（71頁）、ある生物学者たちに感じさせ、混乱をまねき、彼らの「研究意欲をそぐ」、と書かれている。浅田彰がＨＩＶに夢見た「オリジナルは、実は横断的なインターテクスチュアリティのうちにあった」という説明は、私の「研究意欲」を励起してくれた。

2　Marc Bloch: Apologie pour l'histoire ou Métier d'historien. Paris: Armand Colin, 1949. P. 163. 松村剛訳（岩波書店）を参照。

に「解釈」といってもよい。「それはお前一人の解釈にすぎない。たんなるコジツケだ」、と批判がつきつけられるのが、妄想説である。これは——価値中立的な意味で——「トンデモ」の類である。とはいえ、私が本書でそのような説明方式を無自覚的に選択してしまったとしても、私自身は、ここまで語ってきたことを、あながち全面的な妄想であるとは考えておらず、いやむしろ、エイズの時代からコロナ禍の時代までのつながりのつながりを、私と同じように見てくれる読者がいるかもしれないと、いてほしいと、これまた妄想しているのであってみれば、この妄想説モデルを一つの共同主観的な見方へと正当化してくれる論拠を提起することは許されるだろう。

私が記述を進めながら感じていた不安と、それとは裏腹のかすかな快感は、大げさに言い換えれば、あのシュレーバーの妄想形成を解釈するプロセスでフロイトが感じたためらいと、それに裏打ちされた自信に重なるかもしれない。フロイトは「自伝的に記述されたパラノイアの一症例に関する精神分析的考察（シュレーバー）」と題された論考を結ぶにあたり、「私が思う以上に多くの妄想が私の理論に含まれているのか、あるいは、この妄想には他の人びとがこんにち信じている以上に多くの真理が含まれているのか、この問いに判断を下すことは将来に委ねられるであろう[3]」、と告白している。私がフロイトのこの言葉を引用したのは、フロイトと自分を重ねようという魂胆からではない。フロイトのこの告白は、シュレーバーの妄想を観察したフロイト自身が、はからず

3　フロイト（渡辺哲夫訳）「自伝的に記述されたパラノイアの一症例に関する精神分析的考察（シュレーバー）」、『フロイト全集』（岩波書店、2009）第11巻、183−184頁。

も観察対象の妄想癖に感染してしまったかもしれないことを、ひそかに感じていた、と読むこともできる。「読むこともできる」、と遠回しに書いてしまったが、ひょっとすると、主体が対象への観察を重ねるうちに、対象に観察された構造が、観察主体の網膜にひととき映るだけでなく、持続的に写ってしまい、それがやがて、観察対象から観察主体へと移る、ということがあるのかもしれない。このような感染は、精神分析でいう「転移」以上の意味を含んでいるはずだ。ここではまだ、あるかもしれないこのような認識論的感染のメカニズムをつきとめる作業には取りかからずに、しばし回り道をしたい。

アナロジー

主体を透明なままに保ちながら、対象を客観的に観察できるというのは、近代の夢だったのかもしれない。ゲーテの認識論によれば、「現象というものは、観察者と別箇に存在しているのではない。むしろそれは観察者の個性と絡みあい、縺《もつ》れあっている」[4]。さまざまな領域でつながる対象たちを観察し、それらのつながりがさまざまな方式で相互につながっていると考え、記述を進めてきた私は、それらと「縺れあって」しまった。この縺れあいを駆動してくれたのが、類推（アナロジー）という操作だ。類推は、ゲー

4　ゲーテ（高橋義人編訳、前田富士男訳）『自然と象徴——自然科学論集——』（冨山房百科文庫、1982）104－105頁。以下、引用文の直後の丸括弧内の数字は、このテクストの頁を示す。

テが讃えるように、「良い仲間」である。ただしゲーテは賢明にも、「類推に頼りすぎると、すべては同一化してしまう」、「機智におぼれたら、すべては水泡に帰してしまうだろう」、「言葉の綾や譬喩で身をくるんでしまうこと」(120)に注意すべきだ、とも警告している。つながりのつながりを記述する際には、つながりのつながりを「言葉の綾や譬喩」をたよりにして結ぶのではなく、つながりのつながりの様態も記述しなければならない。それは、イメージの形態上の類似性にとどまるのではなく、論理の構造とその変異の有無を判断基準にするということだ。これはしかし構造主義のリサイクルではない。構造主義との決定的な違いは、私のここまでの語りが、構造とその変異が一定の文化圏内で客観的に確認できるということを前提にしない点にある。直前に述べたように、この構造とその変異もまた、観察主体である私と「別個に存在しているのではない」、と考えるからである。

私がその時ほぼ無自覚的に動員してしまった認知過程は、ベイトソンによるアブダクションの説明に近い。パースが論理学の内側で厳密に定義したアブダクション概念を、ベイトソンは拡張し、アナロジーの操作と似たかたちで理解している。

われわれは自分たちの住んでいる世界に、あまりにも慣れっこになり、その世界を考えるちっぽけな思考方式にはまり込んでいるために、例えばアブダクションが可能だ——つまり、世界のある出来事なり事物なり（例＝鏡の前でヒゲを剃っている男）をまず記述し、その記述のために工夫されたのと同じ規則に当てはまる類例を後から捜していくことが可能だ——ということがいかに驚嘆すべきことか、ほとんど気づくことなく暮らしている。解剖学の例で言えば、カエルの体の構造を調べて、それと同じ抽象的関係がわれわれ自身を含む他の生物にも繰り返し見られないかと捜していく、そんなことが可能なのである。／このように、ある記述における抽象的要素を横へ横へと広げていくことをアブダクションと呼ぶ。読者はこれを新鮮な目で見て欲しい。アブダクションが可能だということ自体、少々薄気味悪いことである上に、そのアブダクションが思いもよらぬほどの広大な範囲にまで広がっているのである。／隠喩、夢、寓話やたとえ話、芸術の全分野、科学の全分野、すべての宗教、すべての詩、（すでに見た）トーテミズム、比較解剖学における事実の組織——これらはみな、人間の精神世界の内部で起こるアブダクションの実例、もしくは実例の集体である。[5]

特定のつながり現象のつながりの様態が、別のつながり現象と同じであったり、その変異型であったりする、とみなすとき、つながりのつながりが起こっている。このつながりという「抽象的関係」を観察主体が確認するとき、つながりのつながりが観察主体に

5 グレゴリー・ベイトソン（佐藤良明訳）『精神と自然——生きた世界の認識論 改訂版』（新思索社、2001＜1979＞）195頁。

よってつながれる、と説明することができる。

ベイトソンが挙げる例は、隠喩や夢から「比較解剖学における事実」に至るまで広範囲に及んでいる。そのスペクトルの一方には、一人の人間の無意識の過程が、他方には、衆目が認める一つの「事実」を導く思考の過程が位置している。一人の人間が、「ある記述における抽象的要素を横へ横へと広げて」いき、誰もそれに共感しないとき、たとえその一人だけが世界の絶対的な真理に到達しているとしても、それはその一人の妄想である。しかしながら、それによって獲得された認識が、複数の人々に、あるいは幸いにして多くの人々に共有されたとき、それはたとえば「比較解剖学における事実」へと格上げされる。ここに、つながりのつながりを説明する妄想説モデルが時代説に転換する可能性がひそんでいる。つながりのつながりをめぐる記述が私個人の夢にすぎないというのが、妄想説である。この夢が、私ひとりが見る夢ではなく、いわば集合夢として経験されるとすれば、つながりのつながりは妄想ではなく、その集合夢をともに見る人々にとって「事実」に近いものに変じるはずだ。その集合夢をともに見てしまう人々が、特定の時代にかたよって現れるとき、妄想説は時代説になる。

これはしかし、つながりのつながりという現象が、特定の時代に実体として観察されるということではない。そうではなくて、つながりのつながりを夢見てしまう人々が、つまり、そのような思考の様態を選好してしまう人々が、特定の時代に際立つということだ。しかも、その思考の様態の領域は一つに限定されない。違う主体が違う領域と違うレベルで違う視点から観察し思考しているにもかかわらず、類似した思考の様態で夢を見る。これを「転違」と呼んでみたい。時代説というのは、このような転違が1980年代前半から現在に至る時空で起こっているのかもしれないということをさしている。

前章まで、つながりのつながりという文化的な症候群が顕在し展開するさまを語ってきた。それを本史とするならば、時代的にはそれ以前に、転違の前史があるように思われる。つながりのつながりという集合夢よりも前に、イメージとなった思考と思想となったイメージが、集合夢のリソースとして潜在していたというのが前史である。

1987年、大西洋によって隔てられた二つの国、アメリカとフランスで一人のミュージシャンと一人の作家が、おそらくはお互いに知らぬままに、ウイルスという「しるし」にポエティックなかたちを与えようとしたことは、本書の冒頭で触れた。そのほぼ10年前の1976年、ドーバー海峡によって隔てられた二つの国、フランスとイギリスで哲学者と生物学者が、おそらくはお互いの発想を知らぬままに、つながりのつながりの原理となるウイルスを宿す本を発表した。

イメージとなった思想：リゾーム

ドゥルーズとガタリの共著である『リゾーム』という小冊子が単独で出版されたのは、1976年のことだった。『リゾーム』のあるパッセージは、2020年の世界状況の次に到来するかもしれないフェーズを予告するかのような忌まわしいイメージを、生産的な思考図式として提示している。

われわれはわれわれのウイルスでもってリゾームを形成する。あるいはむしろわれわれのウイルスが他の動物たちとともにわれわれをリゾームにするのだ。ジャコブが言っているように、ウイルスあるいは他の方式による遺伝素材の転送、相異なる種からくる細胞の融合は、「古代や中世にお馴染みの、人倫にもとる愛」がもたらしたのと似た結果をもたらす。[6]

『リゾーム』は後に変更を加えられたうえで、1980年に出版された『千のプラトー――資本主義と分裂症』の「序」として再録されることになる。この本体でもまた、ウイルスは「生産」ではなく「生成変化」をあらわすイメージとして投入される。

6　ジル・ドゥルーズ＋フェリックス・ガタリ（宇野邦一他訳）『千のプラトー――資本主義と分裂症』（河出文庫、2010＜1980）上、30－31頁。以下、引用文の直後の丸括弧内の漢字と数字は、このテクストの巻と頁を示す。

疫病による、あるいは伝染による伝播は、遺伝による系統関係とはいかなる関係ももたない。たとえ二つの主題が混ざりあい、たがいに相手を必要としあうとしても、両者にはいかなる関係もないのだ。吸血鬼は系統的に発生するのではなく、伝染していくのである。ここに認められる違いは、伝染や疫病が完全に異質な複数の項を動員するという点にある。たとえば一人の人間、一匹の動物と一個の細菌、一個のウイルス、一個の分子、一個の微生物など、たがいに異質な要素を動員するのだ。（中、167）

「遺伝」ではなく、「伝染」によって、異なる領域の要素がつながり、そのどちらでもない別の対象が生まれる。そして、それがさらにつながる。

『千のプラトー――資本主義と分裂症』では、リゾームというコンセプトのイメージを、ドゥルーズとガタリが対象化して論じているが、このリゾームというコンセプトの生成プロセスそのものが、ドゥルーズの脳内で起こった思考図式の「伝染」によってドライブされている。どういうことか。『リゾーム』が出版された1976年には、『プルーストとシーニュ』の第三版も刊行された。この第三版の最後には、「結論　狂気の現前と機能、蜘蛛」と題された章が付加された。すでにこの章題が示唆しているように、この章では、『失われた時を求めて』の作中人物であるアルベルチーヌとシャルリュス、そして語り手による記号の交換劇が、「目もなく、鼻もなく、口もなく、蜘蛛はただシーニュに応答するのであり、波動として身体を横断し餌に飛びかからせるほんのわずかなシーニュに貫かれるのだ[7]」、というふうに、蜘蛛の動きとして描写される。

『リゾーム』へのリゾームは、プルースト以外にもカフカやアルトーをはじめとする多くの方向から蜘蛛の糸のように伸びているが、バロウズからのリゾームは、1976年の『リゾーム』を過去から、そして未来へと、時間軸に沿って垂直に貫いている点で特別だ。『リゾーム』でバロウズが言及されるのは一回だけで、バロウズの「カット・アップ」の手法と関連する文脈である。『千のプラトー——資本主義と分裂症』の「序」として組み込まれたヴァージョンの最後の部分には、バロウズの名前が挙げられないものの、そのラインがバロウズから伸びてきたことを想起させるフレーズがある。「樹木は動詞「である《エートル》」を押しつけるが、リゾームは接続詞「と……と……と……」を生地としている」（上、60）、というフレーズだ[8]。「である」が「押しつけ」というのは、「である」が同一律の力によってアイデンティティを固定するということをさしている[9]。バロウズによれば、「である」は固定的なアイデンティティを示す言葉である。そこには、「ウイルスに損傷というあらかじめ暗号化されたメッセージが含まれているように、永続的状態をつづけよという至上命令が含まれている[10]」。それにたいして、リゾームがつづけるのは、「と……と……と……」による永続的な生成変化である。バロウズからド

7 ジル・ドゥルーズ（宇野邦一訳）『プルーストとシーニュ〈新訳〉』（法政大学出版局、2021<1976）244頁。

8 『リゾーム』が世に出た翌年、1977年に出版された『対話』では、「である EST［エ］」を「と ET［エ］」に代置することこそが、リゾームという思考図式の原理であることが、より念入りに強調されている。クレール・パルネ＋ジル・ドゥルーズ（江川隆男・増田靖彦訳）『対話』（河出書房新社、2008<1977）92頁。

9 この発想は、1970年に出版されたバロウズの『電子革命』からパクられた可能性がある。「パクられた」という言い方は不謹慎だ。いや、不適切だ。なぜならば、リゾームには始まりも終わりもない以上、当然のこととして、起源となるオリジナル・テクストというものは存

ウルーズに伸びたリゾームには、ウイルスというメタファーも混入している。ただし、同じ「ウイルス」という語であっても、上の引用文に記されているように、ドゥルーズとガタリは、それを生成変化のメディアとしてポジティブに捉えていたのに対し、バロウズはこの語をネガティブな意味合いで投入していた。このことは、バロウズが『電子革命』のなかでは、「ウイルス・メカニズム」（182）が除去された言語を提案していることからわかる。これもまた、つながることで意味が変異する、表象の転異の一例である。[11]

イメージとなった思想：ミーム

リゾームがフランスから、感染力の高いウイルスとして流出し、イメージとして流通しはじめた[12]のとほぼ時を同じくして、ドーバー海峡で隔てられた向こう側の国で、時系列に沿ったつながりに関する画期的な、そしていまだに高い感染力を保持するコンセプトが登場した。ミームである。

ドーキンスは遺伝子という自己複製子とは別に、文化を伝達する自己複製子としてのミームを措定する。遺伝子が精子や卵子に担われて身体から身体へと伝達されるのに対し、ミームは模倣という過程を通じて脳から脳へと移っていく。このようにミームという概念を導入した直後に、ドーキンスは突然、彼が書いた初期の原稿を手際よく要約

在しないから。

10　ウィリアム・S・バロウズ（飯田隆昭訳）『ア・プーク イズ ヒア』（ファラオ企画、１９９２）１８２頁。以下、引用文の直後の丸括弧内の数字は、このテクストの頁を示す。

11　１９８６年にローリー・アンダーソンは、バロウズが提唱した言語ウイルス説にインスパイアされて『Language Is a Virus』を発表した。ソンタグはその2年後に、「ウイルス」という語を、バロウズやドゥルーズ＋ガタリやアンダーソンがこの語にこめた意味の絶対値を小さくして、自らのエッセイに流しこんだ。スーザン・ソンタグ（富山太佳夫訳）『エイズとその隠喩』（みすず書房、１９９０）９９－１００頁。

12　『リゾーム』がフランスで出版された翌年、１９７７年

してくれた同僚の神経心理学者、ニコラス・ハンフリーの言葉を引用する。引用文中の「君」はドーキンスを、「ぼく」はハンフリーを指している。

「……ミームは、比喩としてではなく、厳密な意味で生きた構造とみなされるべきである。君がぼくの頭に繁殖力のあるミームを植えつけるということは、文字通り君がぼくの脳に寄生するということなのだ。ウイルスが寄生細胞の遺伝機構に寄生するのと似た方法で、ぼくの脳はそのミームの繁殖用の担体にされてしまうのだ。これは単なる比喩ではない[13]」。

ドーキンスが自分の言葉として語るのではなく、ニコラス・ハンフリーの発言を直接引用したのは、この箇所に付けられた補注によれば、ドーキンス自身が脳科学者ではないという理由からだ[14]。ドーキンスはその補注ではさらに、脳科学者ユアン・デリウスの論文を引き合いにだす。デリウスは、ドーキンスよりも、「はるかに徹底的にミームと寄生生物、もっと正確にいえば悪性の寄生生物を一方の端とし、良性の「共生生物」を他方の端とするスペクトルとミームとのアナロジーを追究した」(510-511)。ドーキンスはここで、ミーム≒寄生生物≒ウイルス説を説くことはしなかったが、引用文や補注というテクストの細部には、ドーキンスがいわば抑圧したそのような思考の種が潜在し

に、豊崎光一による邦訳が、中野幹隆が創刊した『エピステーメー』の「創刊二周年記念十月臨時増刊号」として発表された。巻末には、「翻訳から編集へ」と題された豊崎と中野の対談が置かれている。中野はその対談を次の言葉で結んでいる。「そこまでうかがいますと、この『リゾーム』という本ならざる本が、他の「器官なき肉体」と接続するさまざまな「線」が、いっそう見えやすくなると思います。とまれ、こうして『リゾーム』はそれ自体、機械として機能しはじめるはずですし、訳者である豊崎先生や編集者も、いまだ見えない読者と接合し、あるいは接合されることになるのだと思います」。『リゾーム』がリゾームすることが予示されている。

13　リチャード・ドーキンス(日高敏隆、岸由二、羽田節子、垂水雄二訳)『利己的な遺伝子

ていた。後述するように、抑圧されたものが回帰するのは、すなわち、この種が芽吹くのは、インターネットが爆発的に広がる直前の1994年、花開くのは「インターネット・ミーム」という語が登場した2000年以降だ。

リゾームとミームのシンクロニシティが起こった1976年、あまり人目に立つことはなかったが、両者に通底する生物学の土壌に、一つのコンセプトがそっと芽吹いたことにも触れておきたい。イギリスの生物学者B．J．フォードは、「菌根」と呼ばれる、地中における植物の根と、根に寄生するカビとの関係に注目し、「一般の植物の根の機構にとって、微生物がどれくらい重要な役割を果たしているかはわからないが、生育している植物の周囲の微生物の集落は大きく、その大部分が植物のサルジェンとして働いているように思える」、と述べる。「サルジェン」［salugen］というのは、フォードがpathogen（病原体）の反対語として、ラテン語のsaluoに基づいて造った語で、「健康原体」を意味する。▼15 後から見れば、この本は、00年代の前半にヒットした微生物ブームの思考の種のように見える。たとえば、「微生物を本質的に邪悪な、ほとんど悪意すら有するものとして考えないで、むしろ根本的に、彼らは有益なことのために精力的に働くのだと考えてみよう」（6）とか、「皮膚上に微生物が生じることは、なんら心配することでなく、健康な肌の色つやを保つのに、この上ない重要な要因になっているかもしれない。もしそうなら、子どもたちを苦しめている毎日の徹底した洗浄の習慣は、不

——増補改題『生物＝生存機械論』』（紀伊國屋書店、1991＜1976）307頁。以下、引用文の直後の丸括弧内の数字は、このテクストの頁を示す。

14 ドーキンスは少なくともこの時点では、自分の専門領域を越境しない。つまり転位しない。

15 B．J．フォード（飯塚廣、西垣功一、木下保則訳）『微生物革命——微生物を人類の味方に』（講談社、1979＜1976）170−172頁。以下、引用文の直後の丸括弧内の数字は、このテクストの頁を示す。

健康な行為かもしれないのだ」(10)という発言から、「考えてみよう」と「かもしれない」という文末表現をとりされば、フォードのテクストはそのまま、21世紀初頭に繁茂する微生物本たちと並べても違和感を引き起こさない。

『微生物革命——微生物を人類の味方に』の原題は、"Microbe Power - Tomorrow's Revolution"である。射程に入っているのは、1976年ではなく、1976年時点での「明日」だ。それはちょうど、いまだ人びとがインターネットにアクセスできなかった1970年に、バロウズの『電子革命』が、マスメディアによって「人びとを意のままに」操るために張りめぐらされた「連想ライン」を切断し、「コンテクスト」を破壊すること、「カットアップ」することを先唱した(140)ことに似ている。バロウズは「中央集権型ネットワーク」と「分散型ネットワーク」という言葉を知らなかっただけだ。

思想となったイメージ

ミームもまたリゾームと同じように、イメージとなった思想として、1980年代前半以降の集合夢の底に、いわば夢のリソースとして潜在していた。この二つのイメージがどのような夢として開いていくのか、そのプロセスを見る前に、1980年初頭に出現した、思想となったイメージに触れておきたい。ただし、その思想そのものについては優れた論考がすでにあるので、あくまでもイメージ群の表層に触れるにとどめたい。

日本でエイズが病としてのニュースバリューを獲得しはじめた１９８３年の前年、１９８２年の初頭に、『風の谷のナウシカ』のコミック版が[16]『月刊アニメージュ』で連載を開始した。『月刊アニメージュ』で連載が終わったのは１９９４年３月号で、単行本の最終巻は『アニメージュコミックス・ワイド版』１９９５年1月号（第7巻）である。コミック版が開始した2年後の１９８４年には、劇場用アニメーションが上映された。コミック版は、完成まであしかけ10年以上を要している。すでにとりあげた『寄生獣』は１９８８年から１９９４年まで、『14歳』が１９９０年から１９９５年までの連載だから、連載の終了時期は三つの作品ともほぼ重なっている。どのような時期か。赤坂憲雄は『風の谷のナウシカ』の最終巻が刊行されたあと、自分が全7巻を通読した時期が、阪神・淡路大震災とオウム真理教によるサリン事件とシンクロしていることに驚いている。[17]この時期はまた、すでに述べたように、インターネット草創期でもあった。連載時期の点で、他の2作品と『風の谷のナウシカ』との大きな違いは、後者が日本におけるエイズの出現直前に連載を開始したことと、連載が持続的ではなく断続的だったということだ。このことはしかし、コミック版『風の谷のナウシカ』が時代状況を素朴に反映していたことを意味しない。むしろ逆に、おそろしく長い射程で、20世紀末の時代状況を俯瞰し批判するために、時代状況からできるだけ距離をとることがめざされていたよ

16　以下、『風の谷のナウシカ』と書くさいにはコミック版をさす。

17　赤坂憲雄『ナウシカ考——風の谷の黙示録』（岩波書店、２０１９）vi頁。

うな印象を受ける。

ナウシカは「みんなを つなぐ 糸」であり、みんなは、「ナウシカが いなければ バラバラに いがみあう だけだった」[18]。こう語られた直後に、ナウシカは「忘れたこと ないわ このホータイを してくれた 人のこと……」（7、57）とつぶやく。それはかつて左腕に怪我をしたナウシカを手当てするために、アスベルが自分のシャツを破いて巻いてくれた包帯だ（2、94）。ナウシカという糸、ナウシカをめぐる包帯というイメージの系列は、王蟲からの触手に抱かれるナウシカの姿に収斂する（1、112）。ナウシカが王蟲に食べられる場面の描写でも、何本もの触手がナウシカにつながる（5、154）。『風の谷のナウシカ』の連載が終わった１９９４年の翌年、１９９５年には劇場版『GHOST IN THE SHELL／攻殻機動隊』が公開された。ポスターに描かれた主人公、草薙素子の身体にも、何本ものケーブルがつながっていたことを思い出そう。ナウシカがつながる腐海は、草薙素子がつながるネットの海に変異した、とつなぐのは無理だろうか。

ナウシカは主人公であるにもかかわらず、開巻劈頭から顔を隠している。腐海には、マスクを装着せずに入るのは危険だからだ。『風の谷のナウシカ』の世界には、蟲と胞子が充満している。おびただしい数の王蟲が武器商人たちに殺されたことに怒った「無数の王蟲《オーム》が発狂状態 になって暴走を はじめ」、「しぶきのように 胞子をまき散ら」（2、89）した。しかし、ムシゴヤシの木は胞子をとばすことで、「王蟲《オーム》が食べた 森の傷を い

18　宮崎駿『風の谷のナウシカ』（徳間書房、１９９４）第7巻、56頁。以下、引用文の直後の丸括弧内の数字は、このマンガの巻数と頁数を示す。

やそうと」（1、13）するし、ナウシカはひそかに、「腐海《ふかい》で集めた 胞子から」（1、82）腐海の植物群を育てている。瘴気を出す胞子は人間にとって危険だが、ナウシカは胞子を排除しない。胞子も含めて腐海は、「新しい生態系の世界」であり、「巨大な菌類の森」（1、26）なのだ。そのように両義的な価値を付与された胞子は、雪のように見える。その光景には『もやしもん』で再会することができる。ただし、『もやしもん』では、菌はもはや両義的ではなく、人間に親しい、喜ばしき他者に変じている。

腐海に棲息する蟲という表記からは、すぐに『蟲師』が連想される。蟲師は、『風の谷のナウシカ』に登場する蟲使い相当する。ただし、蟲師のギンコが『蟲師』の主人公であり、くっきりとした輪郭線で描かれていたのにたいし、蟲使いは『風の谷のナウシカ』の世界では周辺的な存在であり、集団で登場し、個性は付与されていない。そういう違いはあるが、森の人セルムが蟲使いについてナウシカに語る、「蟲使《むしつか》いを 忌《い》み嫌《きら》わないで下さい 彼等は私達の カゲなのです いや私達が カゲかもしれない」（6、98）という言葉は、ギンコが口にする、蟲は人間の「友人」ではなく、「ただの奇妙な隣人」だ、という冷徹な言葉とかすかに響きあっている。過剰な思い入れを排しながら、自分たちが同じ世界の中で生きざるをえないことを、曲げることができない事実として受け入れるという姿勢だ。

粘菌の性質もまた胞子や蟲と同じく、一義的には確定できない。粘菌はあらゆるものを食い尽くす。だがまた、粘菌は食べ尽くされもする。セルムの説明に耳をかたむけてみよう。

　いまは まるで森が 消えたように 見えますが 木々は全力で 地下に根を のばしている からです
　粘菌は自分の 食べた木々の 苗床《なえどこ》になって 食べ尽くされ ます
　食べるも 食べられるも この世界では 同じこと 森全体がひとつの 生命だから……
（6、23）

『風の谷のナウシカ』を読んで圧倒されたと吐露していた五十嵐大介の『海獣の子供』では、この部分が変奏されている。「生まれる食べる食べられる。　体の一部になる。土になったり、森になったり。変わりながらぐるぐるまわる流れの中の一瞬にすぎないのに」、というパッセージだ。

　セルムの言葉は、ガイア仮説に回収してしまうことのできない広がりと深さを示しているように思われる。少なくとも、『風の谷のナウシカ』のテクスト解釈を目的とせず、それを時代のコンテクストに置いてみるならば、そう考えたくなる。どういうことか。私がここでつらつらと述べてきたのは、狭義の影響関係の確定ではない。１９８０年代前半以降の集合夢の底に潜在し、そのリソースとして機能した、思想となったイメージとして『風の谷のナウシカ』を位置づけることが目的だった。「リソース」と書いてしまった。しかしそれは、私もまたナウシカの世界の胞子をあびたあとは、「苗床」といいかえるべきかもしれない。その「苗床」から出た芽は、次々と意味を結んでいくことになるはずだ。結ばれた意実は変わる。物語の最後の場面でナウシカは、「生きることは 変わることだ 王蟲も粘菌も 草木も人間も 変わっていくだろう 腐海も共に 生きるだろう」、と言い、「組みこまれた 予定があるだけ」の「変われない」(7、198)ものを否定する。宮崎駿はこの作品に自覚的に意味を充塡しなかったにしても、この作品の底には増殖する意味が、いや意味を増殖させる苗床が潜在していた。増殖する意味は、のちに描かれることになる漫画やアニメであれ、危険な新宗教の教祖の脳裏に浮かぶ世界観であれ、善悪の彼岸へと伸びる。[19]

『風の谷のナウシカ』では人間中心主義が批判される。「虚無」によって、「愚かでうす汚い 人間のひとりに すぎないのさ」(5、142)とののしられるナウシカは、それに反論することなく、「虚無にいわれる までもなく、私達が 呪われた種族 なのは 判っている」、「大地を傷つけ 奪いとり 汚し 焼き尽くすだけの もっとも 醜い いきもの」(5、143)、と人間の罪を認める。『寄生獣』の冒頭の場面でも、人間中心主義批判がつぶやかれた。

19　本書ではスキップした『風の谷のナウシカ』の思想は、赤坂憲雄による次の言葉に収斂している。「善悪の彼岸へと赴くために足搔くこと、それを虚無と呼ぶならば呼べばいい。そこに見いだされたのは、破壊と慈悲とが表裏一体をなす、まさしく虚無の深淵に横たわるカオスだけがもつ、治癒と再生の力であったか」(赤坂憲雄『ナウシカ考――風の谷の黙示録』307頁)。

地球上の誰かが ふと思った
『人間の数が 半分になったら いくつの森が 焼かずにすむ だろうか……』
地球上の誰かが ふと思った
『人間の数が100分の1になったら たれ流される毒も 100分の1になるだろうか……』
誰かが ふと思った 『生命《みんな》の未来を 守らねば……』[20]

『寄生獣』の初回は、1988年に出た『モーニングオープン増刊』に掲載された。直前に引用した「虚無」とナウシカの会話は、『アニメージュコミックス・ワイド版』の第5巻に掲載されている。1991年5月24日が発行日である。[21]『月刊アニメージュ』での連載は1987年6月号でいったん中断し、1990年4月号で再開した。宮崎駿が『寄生獣』の冒頭の場面に刺激されて、『風の谷のナウシカ』の再開を決意した、と推論したいわけではない。[22] そのような推論は、特定の人間が他の特定の人間が描いたマンガを読み、それによってインスパイアされて別のマンガを書いたという影響関係の確定であり、人間焦点主義的な見方から出発している。私がここで1987年から1991年までという年数に言及したのは、この時期のどこかの空間で、「森」や「腐海」や、

20　岩明均『寄生獣』（講談社、1995）第1巻4－5頁。

21　この場面の初出は、『月刊アニメージュ』1990年6月号に掲載された連載第35回である。『月刊アニメージュ』のヴァージョンと『アニメージュコミックス・ワイド版』の間にはほぼ一年が経過しているが、この「虚無」とナウシカの会話は大幅にふくらんでいる。

22　杉田俊介は『風の谷のナウシカ』、『寄生獣』、『14歳』の三作がともに、「非人間的な生態系の側から人間存在を問い直すというラディカルエコロジー的な作品にみえる」が、そこにとどまらない地点へと突き抜けている、と指摘している。斎藤環、杉田俊介「境界線に生きる者たち」、『ユリイカ　総特集＝岩明均』2015年1月臨時増刊号、164頁。

より適切には、「苗床」と呼ばれるべき、思想となったイメージのリソースが醸成、いや醸造されつつあったという予感がするからである。つながりのつながりのためのイメージのリソースである。

「である」ことから「する」ことへ

『風の谷のナウシカ』の最終巻では、腐海という生態系が自然発生したのではなく、浄化装置として、「人の手が　造り出したもの」(7、131)だったということが明かされる。ナウシカが言うように、「目的のある　生態系……　その存在そのものが　生命の本来にそぐいません」(7、132)。人間が自分たちの存続という目的のために自然を造ることへの批判は、1984年に公開された劇場用アニメーションには欠けており、1994／95年に発表されたコミック版で加えられた。その翌年1996年は、人間がクローン羊ドリーの誕生に成功した年だった。ドーキンスは1998年に出版された『クローン、是か非か』において、「是」の側に立つことを表明した[23]。『利己的な遺伝子』の第11章「ミーム――新登場の自己複製子」は、「われわれは遺伝子機械として組立てられ、ミーム機械として教化されてきた。しかしわれわれには、これらの創造者にはむかう力がある。この地上で、唯一われわれだけが、利己的な自己複製子たちの専制支配に反逆でき

23　リチャード・ドーキンス「クローニング、何が悪い」、マーサ・C・ナスバウム、キャス・R・サンスタイン編（中村桂子、渡会圭子訳）『クローン、是か非か』（産業図書、1999＜1998）42－57頁。

るのである」[24]、という文で結ばれているのだから、この立場表明は一貫している。自然を造ろうとする人間の欲望は、遺伝子という身体レベルの自己複製子を操作することを可能にしつつある。

　ではミームはどうか。ミームもまた人間によって操作されるのか。そもそも、直前の引用文でドーキンスがその「専制支配に反逆」できると断言しているのは、遺伝子ではなくミームである。実際、ミームは今や徹底的に操作されてしまっているようにみえる。2013年に『WIRED』で公開されたインタビュー[25]において、ドーキンスは、「インターネット・ミーム」は元のアイデアを横取りしたものであり、本来のミームのように、「無作為な変化によって突然変異し、ダーウィンのいう選択のかたちによって広まるかわりに、人間の創造性によって意図的に変更されるものである」、と述べている。ドーキンスは、彼自身が『利己的な遺伝子』でウイルスの比喩を使ったことを思い起こしつつ、「ヴァイラルになるものならなんでも」インターネット・ミームであって、インターネット上で何かがヴァイラルになるとき、それはミームのことである、と語る。インターネット・ミームをよく目にするかという問いにたいしては、他の人と同じように、自分もウイルスに感染する、と答える。インターネット・ミームはどうやらドーキンスにとって不自然で、忌まわしいものであるらしい。

　ドーキンスが提起したミームというユニットがインターネット・ミームというツー

24　リチャード・ドーキンス（日高敏隆、岸由二、羽田節子、垂水雄二訳）『利己的な遺伝子——増補改題『生物＝生存機械論』』（紀伊國屋書店、1991〈1976〉）321頁。

25　Richard Dawkins on the internet's hijacking of the word 'meme'. In: WIRED, 20 June 2013. https://www.wired.co.uk/article/richard-dawkins-memes

ルへと変異させられたプロセスは、ミームへの眼差しが、いうなれば「である」ことから「する」ことへ変じたことを示唆している。1990年代の後半以降、ミームを事実として確認するフェーズが、それらを積極的に利用するフェーズにとってかわられる。「ウイルス」と評されるインターネット・ミームは、ドーキンスが使うコンピュータが感染したソフトウェアだけをさすのではない。1983年、『サイエンティフィック・アメリカン』誌上に、ダグラス・R・ホフスタッターによる「ウイルス文と自己複製」というタイトルのコラムが掲載された。これは同誌に連載されていた他のコラムとともに、1985年に、『メタマジック・ゲーム――科学と芸術のジグソーパズル』に収められた。英語のタイトルは“On Viral Sentences and Self-Replicating Structures”である。たとえば、不幸の手紙は「ウイルス文」の一例である。ホフスタッターが引用しているある手紙では、編集者に送られてきた原稿も一種のウイルスとされている。「なぜなら、うまい宿主に寄生して自分を複製してもらおうとしているからだ」[26]、と。原稿を書籍にしようとした私自身のもくろみも、すでに見すかされている。ホフスタッターは、このコラムを書いたあとでそれを本にまとめるさいに、コラム発表後の反応についてコメントを付け加えている。それによれば、多くの手紙が届いたが、このことは「多くの人が「ミーム」というミームに侵されていたことを物語っている」。ホフスタッターはアレル・ルーカスが提唱した「ミーム学」［memetics］という名称を採用すると宣

26　ダグラス・R・ホフスタッター（竹内郁雄、斉藤康己、片桐恭弘訳）『メタマジック・ゲーム――科学と芸術のジグソーパズル［新装版］』（白揚社、2009＜1985）67頁。以下、引用文の直後の丸括弧内の数字は、このテクストの頁を示す。ホフスタッターによれば、「観念」の淘汰や感染という表象は、すでに1970年、ジャック・モノー『偶然と必然』の最後の章に見いだされる。

言する（78）。

その後、ミームは「ミーム学」という新興の学問領域で論じられる一方で、マーケティングでも実際に利用されるようになる。いずれにしても、ミームはいまや利己的な主体の風貌を捨て、全面的ではないにしてもコントロール可能な対象になる。"Oxford English Dictionary"によれば、「バイラル・マーケティング」［viral marketing］という言葉が使われるようになったのは、ホフスタッターの大著が出版された4年後、1989年のことだった。特定の商品についてのポジティブな情報を、意図的にクチコミで拡散させることで宣伝するマーケティングの手法である。情報はさながらウイルスのように感染拡大する。より正確にいいかえれば、情報はさながらウイルスのように感染拡大させられるのだ。バイラル・マーケティングはミームを戦略的に利用する方法の一つである。

マイクロソフト社で初代のwordを作成したリチャード・ブロディによる『ミーム――心を操るウイルス』は、まず読者にたいして、「この本には生きたマインド・ウイルス（心のウイルス）が潜んでいる。感染したくなければ、この先を読まない方がいい」[27]、と、ミームというウイルスの感染力の高さを警告する。ブロディのこの本の二年前に刊行されたダグラス・ラシュコフ『ブレイク・ウイルスが来た!!』の全巻を閉じる最後の文は、「そうしたかったら、メディア・ウイルスを無視したってかまわないのだが、も

27　リチャード・ブロディ（森弘之訳）『ミーム――心を操るウイルス』（講談社、1998〈1996〉）5頁。以下、引用文の直後の丸括弧内の数字は、このテクストの頁を示す。

う手遅れだ。ここまで読んでしまったら、あなたはすでに感染している」[28]だった。ミームの感染力の高さについての警告そのものが、一つのテクストから別のテクストに――最後の頁が最初の頁に――感染している。このように私が書くとき、私もまたすでに感染している。一つのテクストから別のテクストへの「感染」と書かずに、シンプルに、一つのテクストから別のテクストへの「影響」とか「引用」とか、場合によっては、「アプロプリエーション」という美学の専門用語を選んでもいいはずだ[29]。それにもかかわらず、ミーム、つまりウイルスの「感染」というヴィジュアル・イメージに私が惹かれてしまったこと自体が、このウイルスの特性を示唆している。ブロディから引用しよう。

> 本書には、ミームに関する考えがいっぱいつまっている。それを読んで理解すれば、あなたは頭の中にミームに関するミーム、すなわちメタミームを入れたことになる。あなたがミームの本を書いたり、誰かにミーム学について話したり、あるいはこの本を人に貸してその人がそれを読んで理解すれば、あなたの心の中のメタミームが複製を作ることになる。（46）

ここから分かるのは、ミームをめぐる言説が自己参照的だ、ということである。ミーム

28 ダグラス・ラシュコフ（日暮雅通、下野隆生訳）『ブレイク・ウイルスが来た!!』（ジャストシステム、1997＜1994）391頁。ブロディは巻末の「推薦図書」に『ブレイク・ウイルスが来た!!』を挙げている。

29 「影響」と「感染」の違いに触れておこう。「影響」では一世代前の起源を想定し確定することができるが、「感染」は起源をもとめるのが困難である。起源もつねにすでに「感染」の成果だからだ。「オリジナルは、実は横断的なインターテクスチュアリティのうちにあったのである」、という浅田彰が立てたテーゼを私は支持する。「影響」をさぐる場合、エビデンスを提示することは可能だが、「感染」には起源のエビデンスはない。「影響」はその点ですぐれて学問的である。というよりも、学問的な営みを維持するために好都合な表象（!）だ。

について論じるテクストを読んだり、それを語ったりすることが、「メタミーム」という新たなレベルでのウイルスを感染させる。説明される対象としてのミームを、ミームという思考の枠組によって説明することで、メタミームという次元が発生してしまう。被説明項が説明項に「感染」してしまうというこの現象については、本書の最後で詳述したい。

『ミーム——心を操るウイルス』の原著は1996年に刊行された。その経歴から推せば、ブロディは言うまでもなくインターネットについて熟知していたはずである。だがそこでは、「インターネット」という語は登場するが(25)、インターネットはトピックにならない。ブロディが意図的にそうしたのかどうかはわからないが、ミームがもっとも進化するのはテレビだとされている。「そこでは、視聴者の興味を引くことができず、評論家の推薦を得ることのできないテレビ番組はすぐに消え去り、その変異や変種がとって代わる」(140)、という理由からだ。1996年当時、インターネットはまだミームを伝えるためのメディアではなかったのかもしれない。“Oxford English Dictionary”で検索すると、“meme”の二つめの語義として“internet meme”が挙げられており、最初に引かれている用例は1998年だ。しかも、“internet meme”ではなく、“net meme”と表記されていた。2000年にようやく“internet meme”という表記が登場する。インターネットがミームの単なる「苗床」から「温床」に変じるためには、00年代半ばか

30　木村忠正は2012年当時、マスメディアの影響力がミーム拡散力であることを認めつつも、オンラインコミュニケーションは「数百万、数千万のメッセージをコントロールして、一定の時間内に送信する技術」を有しており、それに加えて、「再生情報における時間の刻印が消滅することから、一時期広がり、沈静化したミームが、ウイルスのように潜伏し、時をおい

らあいついで登場したSNSを待たなければならなかった。[30]

バイラル・マーケティングからインターネット・ミームへのこのような展開をながめると、「この地上で、唯一われわれだけが、利己的な自己複製子たちの専制支配に反逆できるのである」、というドーキンスの確信は、ほぼ妥当だったように思われる。ではリゾームはどうか。リゾームにこめられた哲学的なコンセプトではなく、リゾームのイメージはやはりこの時代の「苗床」にも生きていた。

1993年、ハワード・ラインゴールド『バーチャル・コミュニティ――コンピューター・ネットワークが創る新しい社会』が刊行された。発刊年が示すように、インターネットが爆発的に普及する2年前、クリントン政権が「情報スーパーハイウェイ」の構想を打ち出した時点までの、コンピューター・ネットワークの歴史が回顧されている。ラインゴールドはインターネット以前の、草の根［grass-roots］的に発生した多くのBBSネットワークを念頭に置いて、「サイバーカルチャーの変化の仕方を表すのには、生物学的なイメージのほうがより有効なことが多い」[31]、と説明する。それらのBBSネットワーク同士がつながることが、ネットワークのネットワークとしてのインターネットであることは、ここであらためて確認する必要はないだろう。しかし、1993年当時は、これが大きな驚きであったことは想像にかたくない。[32] ラインゴールドによれば、「インターネットにまつわるすべてのものが、バクテリアのコロニーのように増殖

て改めて新たに広がることもある。チェーンメール、都市伝説などがオンラインの世界で日々生々流転している」、と指摘する。木村忠正『デジタルネイティブの時代――なぜメールをせずに「つぶやく」のか』（平凡社新書、2012）56-57頁。

31　ハワード・ラインゴールド（会津泉訳）『バーチャル・コミュニティ――コンピューター・ネットワークが創る新しい社会』（三田出版会、1995〈1993〉）20頁。以下、引用文の直後の丸括弧内の数字は、このテクストの頁を示す。

32　1960年代に開発されたARPAネットがインターネットの起源だといわれている。私は1960年代以降の展開と区別して、1993年以降のこの時期を「草創期」と呼んでしまう。「生物学的」なイメージに感染してしまったからかもしれない。

し続けている」(25)。ＢＢＳネットワークでは、アクセスしているメンバーの範囲を掌握することは可能だった。しかしそれは、インターネットでは非常に困難になる。人間の欲望は、バクテリアが増殖する原理よりもずっと予測不可能だ。

地面に広がる本物の植物の草の根も、ネットワークのネットワークと同じような分岐型のシステムになっている。草の種がそれぞれ分岐した根を育て、そこからまた数多くの小さな根が分岐して育つ。それぞれの草の根は、芝を掘り起こそうとする庭師がよく知っているように、隣り合っている他の草の根と相互に物理的に絡まり合っている。(25)

『バーチャル・コミュニティ――コンピューター・ネットワークが創る新しい社会』の巻末には、百近い数の参考文献が挙げられている。その多くはネットワーク論の専門文献だが、その間には、ボードリヤール、フーコー、ギアーツ、ハーバーマスのような思想家たちのテクストも散見される。だが、そこにはドゥルーズやガタリのテクストはない。アルファベット順に並んだ参考文献リストの〝D〟には、ただ一人、ギー・ドゥボール（Debord, Guy）の名が挙げられているだけだ。ラインゴールドが『リゾーム』や『千のプラトー――資本主義と分裂症』に意図的に言及しなかったのか、実際これらのテクストを知らなかったのか、それらはすでに彼の脳内に、文献としてではなく、いわばミニマル・エッセンシャルズとして定着していたのか、という問いは本書にとって意味がない。ドゥルーズ+ガタリの不在は、リゾームがすでにこの時代の思考のイメージになっていたことの証である。そもそも、リゾームには「始まりも終点もない」[33]のだし。

リゾームとミームというイメージとなった思考が、そして苗床という思想となったイメージが、じょじょに、つながりのテクノロジーという集合夢のかたちをとるさまを見てきた。そこでは、ウイルスのネガティブなイメージはしだいに弱まっていった。SNSを一つの「巨大で、息づいていて、つねに進化している、全体がもつれあったようないわば超・有機体[34]」とみなすオリバー・ラケットとマイケル・ケーシーは、#BlackLivesMatter をウイルスの行動パターンになぞらえている。

それとは反対に私たちは、この新しい市民運動は文化の変化をもたらす強力で進歩的な力だと考えている。ウィルスとの類似性があるのは、アイデアがいかに伝播するのかというメカニズムについてだけだ。ウィルスを引き合いに出したのは、ある種の環境下では文化的変化の担い手が、スーパーウィルスと似た印象的なライフサイクルを送る場合があることを示すためだ。じっさい私たちは、#BlackLivesMatter というミームがアメリカの社会構造に深く浸透し、人々の精神

33　ジル・ドゥルーズ+フェリックス・ガタリ（宇野邦一他訳）『千のプラトー――資本主義と分裂症』（河出文庫、2010＜1980）上、60頁。

34　オリバー・ラケット、マイケル・ケーシー（森内薫訳）『ソーシャルメディアの生態系』（東洋経済新報社、2019＜2016）401頁。以下、引用文の直後の丸括弧内の数字は、このテクストの頁を示す。

にまで入り込むことを、そして、ずっと待たれていた不正義への目覚めがこの言葉によって促されることを、期待しているのだ。(217)

「ウイルス」はあくまでもメタファーであって、ネガティブなニュアンスは脱色されている。それればかりではない。ウイルスはむしろ逆に、ミームとなって「人々の精神にまで」侵入し、それを根本的に変革するポジティブな力を有したものとして、思い描かれている。いうまでもなく、悪しき方向ではなく、良き方向への変革という前提のもとでだが。

グローバル経済

ヴァーチャルな世界でウイルスの株価が上昇し、感染が奨励されるのとは反対に、いわゆる現実の世界におけるウイルスの感染があいかわらずネガティブに思い描かれるのは、当然である。「脱中心的で脱領土的」であるリゾームがグローバル経済の原理になると、国民国家の境界線はますます薄くなるが、感染への恐怖は増大する。アントニオ・ネグリとマイケル・ハートは、２０００年に刊行された『〈帝国〉――グローバル化の世界秩序とマルチチュードの可能性』において、エイズを引き合いに出しながら、

「もしも私たちがグローバルなさまざまの境界線を解体し、私たちの地球村における全世界的な接触を開放するならば、私たちはどうやって病気と堕落の拡大を防ぐことができるだろう?」、と問い、「グローバリゼーションの時代とは、世界的な感染の時代なのである」[35]、と断言する。産業革命以降、ミームを運ぶ情報伝達のためのテクノロジー(電報、電話、ラジオ、テレビ、インターネット、写真、映画)と、狭義のウイルスを宿す人間の輸送テクノロジー(列車、自動車、飛行機)は急激な勢いで進歩した。航空路線の拡張とパンデミックとの相関関係は、つとに指摘されている。

ヴァーチャルな「地球村」ではミームがウイルスとなって、既存の国民国家の免疫システムを破壊することで、既存の「社会構造に深く浸透し」、悪しきシステムを掘り崩すことができるかもしれない。だがそれは同時に、境界線で区切られた領土の内部で維持されてきた良きシステムを溶解させてしまう。ジークムント・バウマンが、「権力が自由に流動するためには、柵、壁、守られた境界線、検問所が世界から消滅しなければならない」[36]、と書き、「液状化する社会」を批判したのも、ネグリとハートの著作と同じく2000年のことだった。

実体的な世界では、免疫システムの崩壊は生体の死を意味し、他方、それによって狭義のウイルスのつながりは拡張する。実体的な世界での忌まわしいウイルスのつながりの爆発的な拡張をおさえるために、ヴァーチャルな世界でのつながりが、質の面でも量

35 アントニオ・ネグリ、マイケル・ハート(水嶋一憲、酒井隆史、浜邦彦、吉田俊美訳)『〈帝国〉――グローバル化の世界秩序とマルチチュードの可能性』(以文社、2003<2000)182頁。

36 ジークムント・バウマン(森田典正訳)『リキッド・モダニティ――液状化する社会』(大月書店、2001<2000)19頁。

の面でも飛躍的に進化する。感染者が増えれば増えるほど、テレワークが求められる。実体的なつながりが減少する一方で、ヴァーチャルなつながりは増加の一途をたどっている。すでに述べたように、これが、今私たちが置かれている地点だ。

急いでしまった。この章の目的は、単なる妄想説を脱し、時代説にそれなりの説得力を与えることだった。前史にさかのぼったことで、この目的をより明確に整理することができそうだ。つながりのつながりをめぐる記述は、私個人の夢にすぎないというのが、妄想説だった。この夢が私個人の夢ではなく、いわば集合夢として経験されるとすれば、それは妄想ではなく、その集合夢をともに見る人々にとって事実に近いものに変じるだろう。それに加えて、この変化がたとえば、１９８０年代前半から現在にいたる時空のなかで際立つとすれば、それはもはや妄想説ではなく、時代説、より正確にいいかえれば、時代固有説になるはずだ。違う主体が違う領域とレベルで違う視点から観察し思考し表現しているにもかかわらず、類似したパターンで世界を表象する。これは、異なった領域での表現と思考が、より大きな同一の苗床での表象であるという理解であり、同床異夢ならぬ異夢同床である。[37]

37　私がこれを、説得力あるかたちで記述できないとき、私の思考は苗床ではなく萎床あるいは病床に横たわることになるだろう。類推が類音を引きよせてしまう。なぜだろう。

同期現象研究の同期

「夢」と書いたが、非線形科学による同期現象の研究史を追ってみると、これが夢ではなく事実のように見えてくる。それは、振動する二つ以上の自然現象の振動がしばらくすると同期するという現象だ。17世紀、クリスティアーン・ホイヘンスは、二つの振り子時計の振り子が、しばらくすると同じリズムで動くようになるという不思議な現象に注目した。同期現象を解説した科学啓蒙書であり、かつ同期現象の研究史ないし研究物語でもあるスティーヴン・ストロガッツ『SYNC—なぜ自然はシンクロしたがるのか—』によれば、20世紀の半ば、サイバネティックスを提唱したノーバート・ウィーナーは、同期現象が宇宙に遍在していると指摘した。

コオロギのすだく音、カエルの鳴き声、発光するホタル、小惑星帯に見られるカークウッド・ギャップ、高圧送電線網の発電機。ウィーナーは、そうした対象すべてに同期現象が現れることを見て取ったのだった。ウィーナーにしてみれば、うわべの違いなど、どうでもよかった。彼が探し求めていたのは、そうした違いを超える一般原理だったのだ。[38]

38 スティーヴン・ストロガッツ（蔵本由紀監修、長尾力訳）『SYNC—なぜ自然はシンクロしたがるのか—』（早川書房、2005<2003）68頁。以下、引用文の直後の丸括弧内の数字は、このテクストの頁を示す。英語原文を確認する場合は、Steven H. Strogatz: Sync: How Order Emerges from Chaos in the Universe, Nature, and Daily Life. ebook edition, 2003を使用した。

けっきょくウィーナーは、この一般原理を解明することなく、１９６４年に亡くなった。この集団同期の問題の解明を引き継いだのが、物理工学を専攻する大学生アート・ウィンフリーだった。ウィンフリーはシミュレーションを重ねるうちに、「生物学と物理学を結ぶ予期せぬ関連を探り当て」(85)た。それは「相互同期が、水が凍って氷になるような相転移《そうてんい》に似ている」(86)ということだ。「似ている」という日本語訳が当てられている箇所は、原著では“analogous”である。ストロガッツは、ウィンフリーがこのような発想の転換ができたのは、彼の「類推思考」[analogy](86)が創造性に富んでいたからだ、と説明している。

「類推思考」による同期現象への複数のアプローチが、１９９０年代初頭に同期する。この頃、「パルス結合振動子」という理論素が設定されることで、同期現象についての研究がにわかに活性化し、同期したのだ。

> 「パルス結合振動子」という新たな思考の枠組みは、時代の要請と雰囲気とに実に見事に合っていたことになる。／科学社会学上の偶然か、あるいは謎めいた時代精神の計らいによってか１９９０年代初頭になると他の分野の科学者までもが、こうした系をこぞって問題にするようになっていた。(52)

この同期現象の原因を「時代精神[39]」に帰すことは可能か。「時代精神」よりも適切な概念が思い浮かぶが、それは後述することにする。ここでは、同期現象の研究そのものが同期した、ということを、まず確認しておきたい。ストロガッツによれば、この同期現象の研究の同期は、1990年代初頭には同期現象の研究という自然科学の「思考の枠組み」で観察されたが、2003年以降は自然科学という狭い領域を離れ、「時代の要請と雰囲気」に、より適合することになる。

　1975年、一人の日本人研究者が、ウィンフリーが考案した説明モデルを飛躍的に改良するモデルを提示した。蔵本由紀である。1975年以降も蔵本による地道な研究は継続していたが、2003年以降、それは「時代の要請と雰囲気」に合致したかのように、ブレイクする。ストロガッツの原著がアメリカで出版された2003年には、蔵本の『新しい自然学——非線形科学の可能性[40]』、2007年には『非線形科学』、2014年にはその続編である『非線形科学——同期する世界』が刊行された。蔵本はさらに2017年には、「〝世界を変え、「新たな未来」をもたらす革新〟のコンセプトのもと」スタートした「WIRED Audi INNOVATION AWARD」を受賞し、「イノヴェイター」として顕彰された[41]。同期現象はウィンフリーや蔵本やストロガッツにとっては、解明されるべき被説明項であり、彼らはそれらを解明する説明項を求めて研究する。だが、1990年代初頭にパルス結合振動子を鍵概念とした同期現象の研究が活性化し、20

39　原著ではドイツ語で“zeitgeist”と書かれている。

40　これは、『岩波講座「科学／技術と人間」』第4巻「科学／技術のニュー・フロンティア(1)」(1999)に収められたテクストの拡張版である。

41　蔵本由紀「この世界の片隅で、自然の〝わからなさ〟に向き合う」、WIRED Audi INNOVATION AWARD 2017 (2017.07.28 FRI) https://wired.jp/waia/2017/15_yoshiki-kuramoto/

03年頃には蔵本による研究や同期現象をめぐるストロガッツの書籍が、同期するかのように活性化したということは、これらの研究そのものを被説明項として観察することを許すはずだ。個別に振動していた二つ以上の対象を隔てる距離が一定以下になると、それら二つ以上の対象は、それぞれ独立して振動していたのに同期してしまう。この現象について別々に分析と考察をおこなっていた二人以上の研究主体を隔てる情報の距離が一定以下になると、それら二人以上の研究主体は、それぞれ独立して分析と考察をおこなっていたのに、「謎めいた時代精神の計らいによって」同期してしまう。ストロガッツによれば、「社会人としてのわれわれは、ものごとの関連性に取り憑かれてしまっている」(342)。

ネオ構造主義

「ものごとの関連性」を実際に構築するのが、ネットワーク・テクノロジーだ。「科学にも同様に、このネットワークという時代精神が反映される」(342)、とストロガッツはまたもや「時代精神」を説明項としてもちだす。下手をすると、「時代精神」は、そこにすべてを帰することができるマジックワードになりかねない。そうならないためには、「時代精神」としてのネットワークについてのストロガッツの説明にしっかりと耳をか

> たむけることが大切だ。
>
> ネットワークの数理研究はその本質的な性格からして、異なった学問領域間に通常引かれている境界線をやすやすと越えてしまう類のものだ。ネットワーク理論とは、個別要素間の関係性、つまり相互作用のパターンを問題とするものである。この理論では、より深いレベルの法則を暴き出すため、個別要素自体の細かな性格は控え目に扱われるか、伏せられることさえある。ネットワークの理論家は、複数の構成要素が結び合わされてできるシステムを通して、複数の線によって結ばれた点の抽象的なパターンを見る。重要なのは点そのもののアイデンティティーではなく、各々の点が作るパターンであり、その間の関係性が作る構造《アーキテクチャ》なのである。こうしたはるかな高みから眺めればこそ、一見無関係に見える多くのネットワークの共通点が見えてくる。(344)

複雑ネットワークの研究は1998年ごろから始まった。[42] デイビッド・イースリー、ジョン・クラインバーグによる『ネットワーク・大衆・マーケット――現代社会の複雑な連結性についての推論』は、この時期の複雑ネットワーク研究を網羅した大著で、原著は2010年に刊行された。内容を概観する第1章の冒頭には、「現代社会の複雑な

42　増田直紀「複雑ネットワークの研究動向について」、『オペレーションズ・リサーチ』Vol.53 No.9、2008年9月号511頁。

〝連結性〟（つながり）に対する人々の関心は、この10年間においてますます大きくなってきている。この関心の中心にあるのが、**ネットワーク（network）**の概念、すなわち、対象物間の相互結合のパターンの概念である[43]」、としるされている。「10年間」というのは00年代だ。同期現象をめぐる蔵本やストロガッツによる啓蒙的な活動が同期的に活性化した時期と重なる。個別のネットワーク現象の内部のつながりは、個別領域を超えて「関係性が作る構造」の共通性に着眼することで、相互につながることになる。「ネオ構造主義」とでも呼びたくなるようなパラダイム・シフトが起こったことは確かだろう。

しかしながら、このネオ構造主義には――まさにこれが構造主義的であるゆえんなのだが――、ある決定的な着眼点が欠けている。ストロガッツの上記の引用文にあるように、構造は「はるかな高みから」眺めることで図柄として浮きたつ。けれども、そこでは、主体が「はるかな高み」に立つことの可能性については問われていない。イースリーとクラインバーグによれば、ネットワークとは「対象物間の相互結合のパターン[44]」である。『ネットワーク・大衆・マーケット――現代社会の複雑な連結性についての推論』では、伝染病やマーケットや投票行為も分析されているので、この「対象物間」という言葉を狭義に理解し、人間以外の物的なものに限定する必要はないだろう。人間と人間、人間と物も「対象物間」に含まれる。だが、この大著では、そのような「対象物間」のネットワークを「はるかな高みから」見る観察主体の境位そのものは問題化されていな

43 デイビッド・イースリー、ジョン・クラインバーグ（浅野孝夫、浅野泰仁訳）『ネットワーク・大衆・マーケット――現代社会の複雑な連結性についての推論』（共立出版、２０１３）1頁。

44 原著では、"a pattern of interconnections among a set of things"である。https://www.cs.cornell.edu/home/kleinber/networks-book/

い。「はるかな高み」に立つ者は透明であることが、暗黙のうちに保証されている。

歩行

00年代にはしかし、複雑ネットワーク研究の背後にあるネオ構造主義的な見方に対する強い批判とも読めるような言説が登場した。複雑ネットワーク研究では、観察主体としての人間は個別性を脱色して「はるかな高み」に立つことができた。それによって観察の客観性が保証された。観察主体としての人間が透明であって前景化しないということは、観察対象と観察主体をともに視野におさめる視点からながめれば、逆に、そのような観察主体としての人間が特権的な存在として際立つということだ。00年代の人類学は、研究領域の名称には明示的に人間が含まれているにもかかわらず、観察主体としての人間の特権的なポジションに疑問符をつける。

ティム・インゴルドは1970年代から社会人類学者としての活動をつづけているが、2007年に刊行された『ラインズ——線の文化史』では、「人類学と袂を分ってしまったのかなと自問[45]」している。そこでは、人間はラインの図柄を見る透明な観察主体ではなく、ラインを描き、ラインを生きる存在となる。インゴルドは「上に向かう・横断する・沿って進む」と題された章の冒頭で、ロレンス・スターンの『紳士トリストラ

45 ティム・インゴルド（工藤晋訳、管啓次郎解説）『ラインズ——線の文化史』（左右社、2014<2007）7頁。以下、引用文の直後の丸括弧内の数字は、このテクストの頁を示す。

ム・シャンディの生涯と意見』に示されている曲線のラインを提示する。それは、伍長が、手にした指揮棒で自分の自由な境遇を空中に描いたラインである。インゴルドはこのラインをおおよそ同じ長さの短い線分に切り分け、それぞれの線分の中央部に点を打つ。そうすると、点の集合ができる。それらの点の集合から、元の曲線のラインを再現するためには、それらの点と点を結ばなければならない。点の結合によってできた角張ったラインとオリジナルの曲線とを引き比べ、インゴルドは次のような結論に到達する。

> その連結線は決められた順序でつなぎ合わされる必要があるが、最終的に出来上がる図柄は——子供の点結びパズルとまったく同じように——はじめから仮想の対象として与えられている。その図柄を完成することはラインを散歩させることではなく、構成や組み立ての作業である。すべての線分はジョイント部品として機能しており、その作業はより高次のレベルにある全体に向けて図柄の要素を結合する。いったん構成し終わると、そのラインはもうどこにも行くところがない。私たちが目にするものはもはや**身ぶりの軌跡 trace of a gesture** ではなく、**点と点をつなぐ連結器 point-to-point connectors** の組み立てである。出来上がった構図は完成された対象、人工物としてそこに在る。それを構成するラインはモノを結合させるが、ライン自体は成長も発展もしない。(122)

インゴルドは「身振りの軌跡」を「歩行」[walk]と、「点と点をつなぐ連結器」を「組み立て」[assembly]と呼ぶ。「近代化の猛威によって」(123)、「歩行」は「組み立て」にとってかわられた。「歩行」が衰退し、「組み立て」が近代化の原理になるにしたがって、合理化が進むだけでなく、未来は予測可能になる。というより、予測可能だと表象されるようになる。未来は現在によって「組み立て」られるからだ。一寸先の闇はなくなる。道に地雷は仕掛けられていない。世界は俯瞰可能になる。いや、俯瞰可能だと表象されるようになる。このような通時的な変化は、共時的な変化とセットになっている。世界は俯瞰可能になる。いや、俯瞰可能だと表象されるようになる。「組み立て」は、たとえそれが人間によって事前に設計されたものでなくとも、「構造」として観察することができるようになる。誰もが同じように、だ。

スターンのこの小説を日本で最初に紹介したのは、夏目漱石だった。漱石の手になる『トリストラム、シヤンデー』というテクストには、漱石がオリジナルから筆写したと思われる曲線のラインが掲載されている。[46] 漱石は縦書きの原稿用紙に手書きで筆写したのだろう。印刷版でも縦書きの行に収まっているが、曲線は維持されている。もちろん曲線の形はオリジナルと異なっている。しかしその差分は、スターンの小説を読み衝撃を受けた漱石の「歩行」による偏差だ、とインゴルド風に言ってみたくなる。曲線のラインを記録し再現できる活字はないから、当然だろう。伍長が指揮棒で描いたラインは、

46 夏目金之助『漱石全集』(岩波書店、1995)第13巻66頁。

誰もが正確に再現できるわけではなかったのだ。正確に再現するためには、筆写する人間、つまり歩行する人間が介在しない複製技術の誕生を待たねばならなかった。

一本のラインだけではなく、複数のラインが編まれてできる「網目」もまた、「近代化の猛威によって」変質した。“network”という語は、漁や狩りで用いられる道具を意味していた。それは、織物としての物質性を保っていた。“Oxford English Dictionary”によれば16世紀に登場した“network”は、19世紀以降“system”を含意するようになる。インゴルドはそれを、「いまや私たちはネットを、織り合わされたラインというよりも相互に連結した点の複合体であると考えるようになった」(132)、と説明する。「複合体」、「組み立て」、「構造」、どう呼ばれるにせよ、それは、研究主体の向こう側に、あるいは眼下に置かれる。システムが、たとえ複雑であり動的であっても、その原理が厳密に記述されうるとすれば、そこには記述主体という変数が排除されているからだ。

アリ

だがひるがえって、記述主体という変数を排除しないということは、先祖返りして、ネットワークを漁の網のように思い描くということではない。ブリュノ・ラトゥールによれば、記述主体をとりこんだネットワークは、「干して乾か」[47]すことができない。静

47 ブリュノ・ラトゥール（伊藤嘉高訳）『社会的なものを組み直す——アクターネットワーク理論入門』（法政大学出版局、2019＜2005）251頁。以下、引用文の直後の丸括弧内の数字は、このテクストの頁を示す。

的ではない。ブリュノ・ラトゥール『社会的なものを組み直す――アクターネットワーク理論入門』（２００５）も、インゴルドの『ラインズ――線の文化史』（２００７）と同じく00年代に刊行された。ただし、インゴルドとは異なり、ラトゥールは00年代に突如、社会学や科学論という領域から「袂を分ってしまった」のではない。１９７９年に刊行されたスティーヴ・ウールガーとの共著である『ラボラトリー・ライフ――科学的事実の構築』でもすでに、「ネットワーク」は重要なキーワードになっていた。それは、研究対象そのものの内部の組織構造に観察されるネットワークではない。そうではなくて、その対象を研究する研究者が選び使う実験器具や実験方法、その研究者が暗黙のうちに依拠している信念や言説、さらには資金、出版物、名声などから成るネットワークだ。観察される研究対象と観察する研究主体という截然とした二項対立が、つねにすでに観察行為に先行しているわけではない。ラトゥールとウールガーは自分たちが相対主義者ではないと断りながら、対象の「外在性」[out there-ness] は「科学研究の**結果**であって**原因**ではない」[48]、と考える。

　ラトゥールは２００５年に刊行された『社会的なものを組み直す――アクターネットワーク理論入門』では、25年前の仕事である『ラボラトリー・ライフ――科学的事実の構築』で投入されたネットワーク概念を批判する。当時はインターネットもアルカイダもなかったが、逆に今日ではインターネットは当たり前のものとなり、「ネットワーク

48　ブリュノ・ラトゥール＋スティーヴ・ウールガー（立石裕二、森下翔（監訳）／金信行、猪口智広、小川湧司、水上拓哉、吉田航太（訳））『ラボラトリー・ライフ――科学的事実の構築』（ナカニシヤ出版、2021＜1979）１７３頁。Bruno Latour, Steve Woolgar: Laboratory Life. Princeton Paperbacks, 1986＜1979. P.179.

の概念は、切れ味がなくなってしまった」(250)。「ネットワーク」という語を再定義しなければならない。もはや、「ネットワークという語は、電話網、高速道路網、下水網などに見られる「ネットワーク」のように、相互連結した点の集まりから成り立っているような外在するものを指してはいない」(243)のだ。それは、「ナイロン糸や言葉など、何かしら持続性のあるものでできているのではなく、何らかの動的なエージェントが残す痕跡からなるもの」(251)であり、端的に再定義すれば、ネットワークとは「各々の参与子が一人前の媒介子として扱われる行為《アクション》／作用の連鎖」(243)である。複数の構成要素がネットワークに先だって存在し、しかるのちにそれらの構成要素がつながるというのではない。単なる構成要素では、「動的なエージェント」、「一人前の媒介子」にはならない。単なる構成要素は、静的に、関係を持たずに、たたずむだけだ。そのうえ、ラトゥールによれば、人間も非人間も等しく「動的なエージェント」たりうる。些末な例を挙げよう。このテクストを書いている私も、私が文字を入力しているMacBook Airも、私の背後で昼食の準備をしてくれている配偶者も、時々届く同僚からのメールも、それぞれ特定の機能を帯びた「アクター」として不変なのではなく、私の思考を規定するネットワークのエージェントである。

けれども、私はこう書くことで、そのようなネットワークを「はるかな高みから」見る観察主体になっているのではない。「アリ／ＡＮＴであることの難しさについて——

対話形式の幕間劇」と題された章は、ラトゥールとおぼしき「教授」と、博士課程で社会学を専攻している「学生」との対話形式になっている。章のタイトルが示すとおり、そこではアリが言及される。「言及される」ではなく、「登場する」と言うべきかもしれない。

あなたが、ＩＢＭではなく、アリを研究しているとすれば、その研究からアリが何かを学んでくれると思いますか。もちろんそんなことはありません。アリが教師であり、あなたがアリから学ぶのです。あなたは、自分に向かって自分自身のために、あるいは、他の昆虫学者のために説明するのであって、あなたのことを少しも気にしていないアリのために説明するのではありません。どうして、研究することが、いつも、研究対象の人びとにものを教えることになるはずだと思うのですか。

(289-290)

透明な飼育ケースに土をつめ、その中に数匹のアリたちを放ち、アリの生態を観察してみる。そのとき、アリをめぐるネットワークはそのケースの内部にとどまる。観察は、動物行動学においてすでに定評を得ているやり方でおこなわれるだろう。しかしながら、飼育ケースの外にいるアリは他のアリとだけネットワークを形づくっているのではない。

それが棲息する場所の土壌や植物や他の昆虫や気候、そしてひょっとすると、たまさかそばを歩く人間とその靴で踏まれて死ぬ仲間のアリ、これらがアリのネットワークだ、というほうが少しばかり正確だ。ラトゥール信徒としてもっとも正確な説明は、アリを研究している当の研究者自身もそのネットワークに絡めとられている、ということになるだろう。

ラトゥールは自らの理論のラベルとしてより学問的な名称が思い浮かんでいたのだが、〝Actor-network-theory〟の頭文字であるＡＮＴ[49]に惹かれた。ラトゥールはその理由を、「目が見えず、視野が狭く、脇目をふらず、跡を嗅ぎつけて、まとまって移動するもの」にぴったりだという、予期せぬ指摘を受けて、「アリ《アント》（ＡＮＴ）が他のアリたちのために書く。これは、私のプロジェクトにぴったりではないか」(23)、と説明する。私は本書の第5章で「俯瞰的」と「歩行的」という対概念を導入した。矢沢永吉はアリに問うた。「Why? なぜに／歩き続ける?」、と。ラトゥールの答えはこうだ。「私に言わせれば、上手い報告とは、ネットワークをたどることなのである」(243)。たどる者もまたネットワークをたどる点でアクターであることをまぬかれない。観察されるネットワークは、研究主体と切り離された向こう側に設定される〝out there-ness〟ではない。そこにラトゥールもまた巻きこまれ、歩いている。[50]

49　ラトゥールは１９９９年に発表した〝On Recalling ANT〟というテクストにおいて、この〝ANT〟という名称を自己批判した。同じく１９９９年には、あたかもそれと同期するかのように、〝IoT〟、つまり〝Internet of Things〟の略号もはじめて口にされた。通常のインターネットの設計図には、たとえば入力を担当する数多くの人間は記載されていないが、人力は不可欠だった。〝IoT〟は、膨大なデータを作成するというプロセスから、「最も多数で重要なルーターである「人間」」をできるだけ排除しようとするコンセプトだ。Kevin Ashton: That 'Internet of Things' Thing. In: RFID Journal, 22 July 2009, PDF. IoT がめざすのは、人間を、インターネットを使用するだけの超越者にもちあげることだ。ＩｏＴとＡＮＴはめざす方向が正反対である。

みよう。

歩き疲れたら、立ち止まるのが賢明だ。[51] 立ち止まって、歩いてきた道をふりかえって

苗床

違う主体が違う領域と違うレベルで違う視点から観察し思考しているにもかかわらず、類似した思考の様態で夢を見る。時代固有説というのは、このような転遠が1980年代前半から現在にいたる時空に起こっているのかもしれないということをさしている、と先に述べた。ここまでは、つながりのつながりという文化的な徴候が顕在し展開する以前にさかのぼり、リゾームやミームやナウシカといった集合夢のリソースをたどったあと、そのリソースの変異株が、インターネットをめぐる言説に感染し、ネオ構造主義的な視点を帰結した頃、それとはまったく関係がない領域で、「歩行的」な思考が、ネオ構造主義の「俯瞰的」な視点に対するカウンターとして生まれてきたことを確認した。そのさい私は、このような転遠が発生する空間を「苗床」と呼んだ。また、ストロガッツが使用する「時代精神」という用語にも、異を唱えたいということを予告した。「苗床」とか「時代精神」というのは、本書ができる限りその使用を避けてきた現代思想用語を思いきって投入し、「エピステメー」と一括置換してしまえばいいのではないか。「時代固有説」などともってまわった言い方をしなくとも、この40年間の「しるし」

50 ルーマンは、1984年に刊行された『社会システム理論』が1993年に邦訳されたさいに、「日本語版への序文」を書いた。そのかん経過した10年間に、この難解な大著をめぐってビーレフェルト大学をはじめとする大学でおこなわれた議論から、ルーマンは多くのことを学んだという。ルーマンはその知見に基づいて、『社会システム理論』を補足し、九つの要点にまとめている。そこには、ルーマンが他のテクストでもおりにふれて論じていた「観察者」の境位が、ルーマンにしては珍しく、分かりやすく説明されている。「こうした観察者の立場は、世界のなかに位置するほかはない。さらに観察者もまた次から次へと観察をおこなわなければならない。観察に観察を、したがってオペレーションにオペレーションを接続しえなければならない。そのことは、ある種の「自己論理的な」推論

はつながりのつながりというエピステメーだった、と宣言し、そのあとに、それを裏づける複数の文化現象を例示すればすんだのではないか、と自己批判したくなった。山頂が目前に見えるが、頂上にただよう芳しい大気を満喫するためには、この小休止を有効に使わなければならない。エピステメーにしばしとどまりたい。

フーコーがエピステメーを中心的な概念の一つとして積極的に提示したのは、1969年に刊行された『知の考古学』の終わり近く、「科学と知」と題された節だった。科学は「一つの言説形成の境域のなかに、知を背景として現れる」[52]とされる。知は科学の領域を含んでいる、ということだ。そのような知の領域は、たとえば思想史がかかわる科学の領域と区別して、「考古学的領土」(344)と呼ばれる。これは、科学的テキストを排除しないが、文学的テクストや哲学的テクストをも横断し、「フィクション、反省、物語、制度的規則体系、政治的決定」をも含む。こうした準備のあとで、エピステメーという概念が導入される。

> エピステメー、それは、一人の主体、一つの精神、あるいは一つの時代の至上の統一性を、互いに大きく異なる諸科学を貫いて表明するような、認識の一つの形式もしくは合理性の一つのタイプではない。そうではなくて、それは、ある一つの時代の諸科学を言説的規則のレヴェルにおいて分析するとき、それらの諸科学のあいだ

を観察者に強いている。というのも観察者が世界においてシステム自体を再生産している諸システムを観察するばあい、観察者は自分自身をもなんらかのシステムとみなすことを強制されているからであり、そうでなければ、かれはそうした諸システムに対するみずからの観察を観察しえないからである。そうしてみると観察者は、かれ自身の観察の諸対象のうちの一つにほかならない」。ニクラス・ルーマン(佐藤勉監訳)『社会システム理論』上巻(恒星社厚生閣、1993<1984>)、iii頁。

51 私も「上手い報告」を書きたいという野望につきうごかされていたので、ラトゥールの教えにしたがい、つながりのつながりをたどってきた。「たどる」はラトゥールの原文だと、"trace"である。Bruno Latour: Reassembling the social: an introduction to actor-network-

に発見することのできる諸関係の総体なのだ。／エピステメーの記述は、したがって、いくつかの本質的特徴を提示する。まず、その記述は、汲み尽くすことができず決して閉じられ得ない一つの領野を開く。その記述は、一つの時代のあらゆる認識が従う公準のシステムを再構成することではなく、際限のない諸関係の領野を踏破することを、自らの目的とするということだ。そのうえ、エピステメーは、ある日現れて突然おのずと消え去る不動の形象ではない。そうではなくて、それは、打ち立てられては解体する諸々の区分や食い違いや一致から成る際限なく動的な集合なのだ。（360-361）

科学的な言説だけでなく、文学や哲学や法律や、１９６９年にはまだプロパガンダの一種として感じられていたかもしれないが、そこから半世紀以上の時間が流れた今では時にニュートラルな記述として読まれてしまうような商品の広告など、もろもろの言説群のなかから浮き立ってくる「諸関係の総体」が、エピステメーである。

「エピステメー」という概念についての典型的な誤解を紹介することで、逆に、境界線をやすやすと超えるこの概念の輪郭線を示すことができそうだ。エルヴェ・バロー『エピステモロジー』は、エピステメーを「パラダイム」に似た概念とした上で、「このような見方では、科学的知識の進歩は説明できない。科学的知識の進歩は、いくつもの分

theory. New York: Oxford University Press, 2005. P.128. ラトゥールの教えを離れ、「たどる」をたどってみる。「たどる」は漢字で表記すれば「辿る」だ。英語にはないニュアンスを『漢字源 改訂第五版』が教えてくれた。「辿」は「辵」と「山」から成る。「山道を歩いて足がとどこおることをあらわす」らしい。

52 ミシェル・フーコー（慎改康之訳）『知の考古学』（河出文庫、2012<1969）３４５頁。以下、引用文の直後の丸括弧内の数字は、このテクストの頁を示す。フランス語原文を確認する場合は、Michel Foucault: L'archéologie du savoir. Paris: Gallimard, 1969 を使用した。

野に影響を与えることがしばしばあるとはいえ、最初は単一の分野で生じるのであり、また、すべての学問分野に一挙に拡がったりはしないからである」[53]、と説明する。「科学的知識の進歩」を、エピステメーは前提としていない。エピステメーはパラダイムとは異なり、「単一の分野」における思考や議論や言説の枠組に閉じ込められてはいない。エピステメーという観点からすれば、パラダイムが交替する「単一の分野」は、一見したところ一つの独立した島に見えるが、その島には潮が打ち寄せ、雨が降り、鳥たちが別の島からウイルスを運んでくるかもしれない。

また、エピステメーは「一つの精神、あるいは一つの時代の至上の統一性を、互いに大きく異なる諸科学を貫いて表明するような、認識の一つの形式もしくは合理性の一つのタイプではない」のだから、時代精神と同義ではない。「時代精神」[Zeitgeist]という語は18世紀中葉のドイツで誕生したが、早くも19世紀初頭には、「時代精神」の客観性を素朴に信じることが手厳しく批判された。「私のなによりの楽しみは、／もろもろの時代の精神にわが身をおきかえて、／古賢といわれる人々がどのような考えをしていたのか、／それが今ではどんなに素晴らしい進歩を遂げてきたものか、をたしかめてみることであります」、と古い文献から「時代精神」を読みとることに至上の喜びを見いだす弟子のヴァーグナーにむかって、ファウストは、「君たちが各時代それぞれの精神と呼んでいるものは、／結局のところ、その時代の影を映している／歴史家先生方自身

53　エルヴェ・バロー（松田克進訳）『エピステモロジー』（文庫クセジュ、1995＜1992）6頁。

の精神さ。／だから、ときには目もあてられないことになる！」[54]、と説く。フーコー自身は「時代精神」という語を積極的には使わなかったが、『知の考古学』では「時代の精神ないし科学」という言葉が登場する。ただしそれは、まさに彼の「企図の全体がそれに対して背を向けているもの」(299)である。フーコーが記述しようとしたのは、時代精神ではなく、「二つの間言説的形状」[configuration interdiscursive](298)だった。これは、配置された複数の言説が、そのつど浮上する――「つど」の経過時間は問わない――形の集合体であり、「星座」に近しいイメージである。星たちは、それらを観察する者がいて、はじめて星座という視覚像に転じることができる。

　境界線なきエピステメーの、概念としての輪郭線をこのように復習してみると、エピステメーはやはり、「苗床」という語を学問的にパラフレーズするのに最も適した語のように思われる。しかし、エピステメーという概念装置を論文製造アプリとし、そこに、おおよそ1980年から2020年までの40年間のデータを流し込み、そこからこの40年間の「時代精神」を浮き立たせよう、あるいは論文と称されるものをアウトプットしよう、というこころざしでは、ファウストの弟子にもなれないだろう。本書がエピステメーを思考の枠組、いや思考のモード[55]として設定しているにしても、私がエピステメーという表象によって過剰に澄んだ、あるいは曇った眼差しでながめる個々のつながり現象のつながりは、そのようなエピステメーを通過したあとに浮上する光景にすぎない。

54　ゲーテ（山下肇訳）「悲劇第一部」、『ゲーテ全集』第3巻（潮出版社、1992）24－25頁（570-580）。ドイツでは20世紀になると「精神（Geist）」という語の株価が急激に低下する。19世紀末以降、意識にたいして無意識が、主体にたいして構造が前景化する。このような変化は制度にも波及し、20世紀の終わり頃からドイツでは「精神」[Geist]は「文化」[Kultur]にとってかわられるようになる。19世紀にヴィルヘルム・ディルタイは、自然科学に対置される学問領域を「精神科学」[Geisteswissenschaften]と命名したが、「精神科学」は今では、「文化学」[Kulturwissenschaften]や「人文科学」[Humanwissenschaften]と改名される。

55　「モード」ではなく「枠組」というべきかもしれない。しか私が次に見るべきは、エピステメーを記述しつつある主体が、自分が再構成したそのエピステメーに感染する、そういう光景である。それは、エピデモロジー[56]に変異するようなエピステモロジーである。本書のエピローグも近い。歩行を再開しよう。

破傷風のように

考古学的領土に見いだされるエピステメーは、空間的には特定の領域に限定される思考の図式ではなかった。それは「際限のない諸関係の領野を踏破する」とされた。広大な考古学的領土にちらばるさまざまな領域を「踏破」する［parcourir］ことによってエピステメーを記述するということは、ラトゥールとともにいえば、「ネットワークをたどる」ことであり、それによってこそ「上手い報告」を作成することができる。この時、フーコーもまたラトゥールのように、巻きこまれ歩いていた。『知の考古学』が発表された十年後、1978年におこなわれた対話のなかで、フーコーは「知」［savoir］と「知識」［connaissance］とを区別して次のように述べている。

私が「知」でもって、自分が識っているもの自体のために主体が変様をこうむるようなプロセス、むしろ識るためにおこなう仕事の際に主体が変様をこうむるような

し、「枠組」というソリッドで閉鎖的な言葉は、「打ち立てられては解体する諸々の区分や食い違いや一致から成る際限なく動的な集合」として特徴づけられるエピステメーに似つかわしくない。「モード」という語を、私は、「様態」の意味で投入したが、「様態」としなかったのは、「流行」のニュアンスを加えたかったからだ。それは、エピステメーという概念そのものが、本書の到達点であるつながりのつながりのつながりと同じように、特定の時代に浮上した表象であり、そのまま流れ行き、他の表象にとってかわられるかもしれないという予感に発している。

56　ダン・スペルベルもすでに、「表象の疫学（epidemiology of representations）」という言い方をしている。ダン・スペルベル（菅野盾樹訳）『表象は感染する――文化への自然主義的ア

　プロセス、これに照準を合わせています。これこそ、主体を変様すると同時に、対象を構築するのを可能にするものです。知識とは、識ることが可能な対象を増やし、その理解可能性を発展させ、その合理性を理解する作業、しかし調査する主体の固定性を維持しつつそうしたことをするのを可能にする作業なのです。[57]

逆にいえば、「知識」ではなく「知」においては、「調査する主体」は、「主体の固定性」を失い、エピステメーの領野をみたす対象を構築することで、自ら「変様をこうむる」。主体は、澄みきった天空から眺めおろすのではない。主体は歩く。だから無傷ではいられない。傷口から菌やウイルスが入る。歩行する主体が観察している世界が、そっと侵入する。脳内に。破傷風のように。

　この章の冒頭で立てた問いに戻ろう。つながりのつながりはそのようにつながっているのか、それとも、つながりのつながりは私が恣意的にそのようにつなげているのか。この問いに答えるために、つながりのつながりのつながりという韜晦的な言い方を、学問的な香りのする言い回しに変換してみる。感染にせよ、寄生にせよ、共存にせよ、共生にせよ、インターネットにせよ、絆にせよ、ＳＮＳにせよ、個別領域内のつながりは、一次のつながりだ。個別領域というのは、医学であれ、生物学であれ、社会学であれ、ネットワーク論であれ、非線形科学であれ、特定の専門領域として輪郭

プローチ』（新曜社、２００１）４頁。

57　ミシェル・フーコー、ドゥチオ・トロンバドーリ（増田一夫訳）「ミシェル・フーコーとの対話」、『ミシェル・フーコー思考集成Ⅷ 政治／友愛』（筑摩書房、２００１）２１５頁。

づけられる空間のことである。それら一次のつながりが、転異であれ、転位であれ、転移であれ、なんらかの操作によって別の個別領域に現出したり、別の個別領域を生成したりする、そのような位相間のつながりが、二次のつながりである。それらの現象を総称して、「転違」と呼んでみた。この転違が主観的な妄想なのか、客観的な事実なのか、という二者択一の問いをすりぬけるために、暫定的に、原理説、妄想説、時代説という三つの説明モデルを立てた。この問いに答えるための比較的長い、言説とイメージの分析から私が導かれたのは、つながりのつながりを見てしまうのは私の妄想かもしれないが、それは同時に、この時代に固有でもある、という結論である。

どういうことか。もうすこしスロー再生しよう。1976年あたりから台頭してきた、思想となったイメージやイメージとなった思想は、一種の培養細胞群として機能した。この培養細胞群の上で、1980年代前半のエイズをかわきりに、一次のつながり現象が次々に出現した。それらは、相互に関係のない個別現象とみなすこともできるし、それらを転違現象とみなすこともできる。この違いは、それらの現象を観察し「踏破」することで、観察主体自身が変様するかどうかによる。それは、フーコー風にいえば、観察主体の固定性を維持する境界線が消えていくかどうかの違いだ。「踏破」する者の足の傷口から、見られていた物／者たちの、すべてではなく、見ていた者が見ることができた限りでの図柄が侵入する。こうして、個別のつながり現象としての一次のつながりは、観察主体を変様させることで、転違現象としての二次のつながりになる。一次のつながりが二次のつながりへとレベルアップしてしまうことは、観察する者が観察した対象から作用を受けるという、観察主体における再帰的な感染現象であり、これが三次のつながりである。したがって、三次のつながりについての考察は、観察主体と向き合うことになる。

プリンスが1987年に歌った"Sign ☮ the Times"の向こう側には、「世界的なエイズの蔓延と、その他の国産の病——依存症、人権や階級による所有権奪取、それに続くギャング闘争」[58]を見るのが標準的な解釈である。そのときテクストは「記号」にすぎない。だがしかし、これは「しるし」として、つまり、フロイトに由来し、ディディ＝ユベルマンや岡田が概念化してくれた「徴候」として読むこともできる。ディディ＝ユベルマンの言葉を再度引用すると、「徴候を見つめれば、イメージの中心に開いた裂け目において、そのまさに怪しい効力において、自分の目を危険にさらす」ことになる。三次のつながりは徴候を見つめることで生成する。「自分の目」が見えてくるのだ。

垂直感染

プリンスの"Sign ☮ the Times"が発表された1987年、カンヌ国際映画祭で、ラ

58 『プリンス サイン・オブ・ザ・タイムズ：スーパー・デラックス・エディション』（ワーナーミュージック・ジャパン、2020）、5頁。

ース・フォン・トリアー『エピデミック』が上映された。ラース・フォン・トリアー自身と、1984年に『エレメント・オブ・クライム』を共同執筆したニルス・ヴェルセルとが、そのままラースとニルスという二人の脚本家として登場している。伝染病を題材にした脚本を二人が五日間ででっち上げるというのが、この映画を貫く時間軸になっている。

その脚本の舞台は中世を思わせる世界だ。伝染病が蔓延している地区に、メスマーという名[59]の勇敢な医師が赴く。だが皮肉なことに、メスマーの行動こそが逆に伝染病を広げてしまう。ラースとニルスが脚本を書く現実の世界でも、伝染病が広がっている。ただ、二人は周囲の世界にたいしてつねに極度にシニカルで、足元に忍びよっている現実の伝染病にたいしては危機感を示さない。最後のシーンでは、脚本めいたテクストをとりあえず作成した二人が、脚本の映画化を説得する目的で、プロデューサーを食事に招待する。プロデューサーはその脚本がたったの12頁しかないことにあきれる。二人は自分たちの脚本の真価を証明するために、催眠術師とおぼしき男と催眠術をかけられる女を部屋に招き入れる。ギッテと呼ばれるその女はしだいに深い眠りの中にはいってゆく。この二人以外の人間は、最初のうちはワインを飲みながら笑っているのだが、じょじょに彼らの顔から笑いが消えてゆく。催眠術師がギッテに向かって、「エピデミック」という脚本の中に入るんだ、と命じる。すると、ギッテは文字どおりメディウムとなり、

59　トリアーが一人二役で演じるこの医師の名前がメスマーとされていることから、二つの伏線が走る。歴史上のメスマーが書いたとされる『人体への惑星の影響について』によれば、宇宙に遍在する磁気は人体の神経系に作用する。ヒトの身体の内部と宇宙という外部の連続性を前提とするこの考え方が「動物磁気説」と呼ばれた。また、メスマーは治療にあたっては催眠術を使った。

現実の世界と虚構の世界――どちらの世界でも感染が拡大している――を媒介し、幻視を開始する。ギッテは恐怖の表情を浮かべながら、家の中にいる女たちにはオデキがいっぱいできていて、服を脱がされた子供たちの身体は真っ黒だと描写し、ついには「私たちは皆感染する」[60]、と絶叫する。催眠術師がギッテに、「映画から出るんだ」、と命じても、彼女はエピデミックの世界内にとどまり、泣き叫びつづける。冷笑していたニルスの身体とギッテの身体には大きな腫瘍ができ、ニルスのルームメイトだったスサンネは吐血して息絶える。

カタストロフィから離れた安全な場所からそれを観察している主体の世界にも、同じようなカタストロフィが襲いかかる。このような物語構造そのものはそれほど珍しくはないかもしれない。重要なことは、脚本内の世界のカタストロフィの原因となっているのが伝染病であり、それが脚本の外側である映画内の世界のカタストロフィに伝播し、さらには、この映画が上映された映画外の第三の空間としての1987年のヨーロッパにエイズが蔓延していたという構図だ。伝染病は通常、水平に広がる。しかし『エピデミック』では、垂直にも伝播している。妊娠中や出産時における母から子への感染には、「垂直感染」という名称が与えられているが、この「垂直感染」という言い方を横取りしてみる。『エピデミック』という映画の内部で消えたり書かれたりする脚本内の世界や、登場人物たちが動く世界で拡大する感染は、それぞれ水平感染である。それにた

60　ラース・フォン・トリアー監督『エピデミック～伝染病』（コロムビアミュージックエンタテインメント、２００４）01.35.12。

いして、この映画では、脚本内の感染が脚本外の人々に感染するので、垂直感染である。[61] 冷笑は不可能になる。メタレベルも安全ではないのだ。

２０１２年、いわゆるマーズ・コロナウイルスがロンドンで発見され、その後、韓国で多くの感染者が出た。この年、「Plague Inc.」というスマートフォン用のゲームがリリースされた。日本語のタイトルは「伝染病株式会社」だ。プレイヤーが伝染病を変異させ「進化」させることで、人類を滅亡させることがゲームの最終目標である。感染を継続し、病原菌がつながることを妨げる人間を絶滅させることがめざされる。このゲームは発売当初から注目を集めていたが、２０２０年１月の時点でも、iOSとGoogle Playの有料ランキング１位になっていた。[62] その後、２０２１年３月７日の時点では15位まで落ちている。それでも有料のストラテジー・ゲームに限定すればあいかわらず高順位を維持している。[63] ２０１２年のマーズ・コロナウイルスはその感染が拡大した地域が限られていたので、強化された菌やウイルスが世界中に拡散し人類が滅びるという「Plague Inc.」のシナリオは、あくまでもフィクションとして感覚されていたにちがいない。しかし、新型コロナウイルスが世界中に拡散し、多くの人がそれに感染し死んでいるという状況下でもなお、「Plague Inc.」は人気を博している。中国では２０２０年２月に「Plague Inc.」がApp Storeから削除された。[64] ２０１２年のプレイヤーは、いわば映画館の中でポップコーンバケツに手をつっこみながら、世界滅亡の光景を堪能する

61　水平感染ではないという意味だけで垂直感染なのではなく、ここでは感染が、脚本という親から脚本作家という親に向かっている点でも、垂直感染だ。ただし、狭義の垂直感染と方向は逆だが。だから、「再帰的垂直感染」とでも呼ぶほうが、より正確かもしれない。

62　「ファミ通App」、https://app.famitsu.com/20200131_1582308/

63　「APPLION」、https://applion.jp/iphone/app/525818839/market/

64　「Forbes JAPAN」、https://forbesjapan.com/articles/detail/32668

ことができた観客だった。2020年のプレイヤーは、ひとけのない映画館の中で世界滅亡の光景を楽しんでいるのだが、映画を見終わったあと身体にしみわたることが約束されていたあのカタルシスの予感は、外に出たとたんにすぐさま消える。眼前の光景がスクリーン上の光景と連続しているからだ。プレイヤーは天空から世界を眺めおろすことができたのに、今ではその世界のまっただなかを歩くことをよぎなくされる。観察対象を俯瞰していた観察主体が、観察対象におびやかされるようになる。客観的に見たと思った瞬間にすでに主観的になっている。というか、そもそもこのような認識の二項対立が無効になっている。

同じく2012年、「Plague Inc.」とはおそらくはまったく無関係に、[65] 小野不由美『残穢』が刊行された。『残穢』の語り手である「私」は作家だ。「私」は自著のホラー・シリーズのあとがきで、読者に向けて、「怖い話を知っていたら教えてほしい」[66] と呼びかけていた。古書でこのシリーズを手に入れたという女性がそれを読んで、引っ越してきたマンションで畳を箒で掃くような音が聞こえるという内容の手紙を、「私」に送ってきた。「私」はこの奇怪な現象を調べるうちに、マンションが建っている土地をめぐる忌まわしい歴史を知ることになる。知るだけではない。新しい事実が明らかになるにつれて、「私」の身体に変調が起こる。首に腫瘍のようなものができているらしい。体調が悪化したのは、「私」だけではない。程度の差はあれ、少なからぬ関係者が同じ

65　この「おそらくはまったく無関係に」という挿入句は、以下で言及する『残穢』という物語の構造が私の脳に感染したことの症状である。

66　小野不由美『残穢』(新潮社、2012)7頁。以下、引用文の直後の丸括弧内の数字は、このテクストの頁を示す。

ような不調をうったえる。ホラーなのだから、それをなんらかの呪いのせいにするのが常道である。しかし「私」は、「あちこちが悪いのは持病みたいなものだ。生活態度のせいであって、ほかの何のせいでもない。重なるときには重なるものだ。不思議なことのような気もするが、ままあることで、だからこそユングは「共時性」などという概念を発明する必要に迫られた」(297)、と自分を納得させる。実際、物語の結末部では、腫瘍状のものの正体が分かり、それが、忌まわしい出来事の淵源である「奥山家とはなんの関係もないことが確実」(333)である、と言明される。伏線はたしかに回収された。だが、伏線がこのように回収されたことで、逆に、呪いの恐ろしさの効果が弱まってしまう。ホラーの効果を低減させかねないこのような操作は、垂直感染したのが、『エピデミック』とは異なり、身体的な異変ではなく、表象であることを示唆している。どういうことか。

物語のかなり早い時期に、いくつかの不可解な出来事が続いたあと、「私」は、「現象と現象を結びつける合理的説明のつかない「何か」が存在するのか。それとも、存在しない「何か」をつい見てしまう本能的宗教心とでも言うべきものが人間には備わっているのか」(62)、と自問している。二つの現象をそのまま、相互に無関係な独立した現象と考えることもできる。その二つの現象の時系列に沿った発生が頻繁に起こるならば、それを因果関係とみなすこともできる。ヒューム風にいえば、因果関係は習慣的な見立てだ。しかしながら、「私」はそのような見方を貫徹することができない。二つの現象をつないでしまう。その説明に「私」は迷っている。「何か」というのは、怨念のようなものだろう。「私」は世界の見え方をこのように相対化することができるにもかかわらず、複数の類似した現象が次々に登場すると、そこにやはり因果関係を見いだしてしまう。しかも、感染の表象すらもが、垂直感染する。

そしてこの美佐緒にまつわる残穢は、植竹工業以前にあった何かに由来している。その何かからツリーを描くように怪異が生まれ、枝分かれしながら増殖している。脳裏に浮かんだのは、ウィルスが増殖していく顕微鏡映像だ。そのように増殖し、汚染が広がっている――。(245)

複数の現象についての自分の見方を相互に引き比べ、経験的認識の仕掛けを冷静に見つめることができるということと、表象が垂直感染してしまうことは両立する。「私」もまた「俯瞰的歩行的二重体」なのだ。ただし、それは能力であるとともに、欠損でもある。見えるから歩けない。

ここに至って、何もかも連鎖していると考えるのはあまりにナンセンスだ、という気がしているが、どこかの時点まではほかに解釈の余地がない、という気分がしていた。そしていま、振り返ってみても、同様な気がする。すべてに意味があると考えるのも常識的でないが、すべてが偶然だと考えるのも、常識的でない、という気が。［…］以前のようにあらゆるラインを辿っていけば、まだまだいくらでも意味ありげな事件や怪異が出てくるのだろう。しかし、だとしたらこれはいくら調べてもきりがない。それぞれが本当に、客観的に見て関連しているのか、これはたぶん証明のしようがない。どれほど調べても安藤氏の事例のように、結局のところ、自分たちの世界観を試されるだけだ。これとこれとの間に因果を結ぶような「何か」の存在を認めるのかどうか、と。（310-311）

「あらゆるライン」を辿って歩けば、「いくらでも」出てくる「事件や怪異」がつながり、それらが「意味ありげ」に見えるだろう。俯瞰的な視座から、そのような見え方そのものを絶対視せず、そのような見え方を「虚妄」（309）として片づけることもできるはずなのに、「私」は迷う。病のメカニズムを冷静に調査することができたからといって、「調査する主体」は病から完全に自分を守ることができるわけではない。「調査する主体」は身体的な病の感染からは自己防衛できるかもしれない。だが、その調査によって観察した病の図柄が「調査する主体」の世界の表象に感染してしまうことは、さまたげようがない。

感染とヘーゲル

おぼろげに予定していた頂上にとりあえず辿り着くことができた。ただ、芳しい大気を吸い込んでいるうちに、地上の最高地点よりも、わずかなりとも高く跳ぶことができそうな気がしてきた。より遠くまで見渡すことができるかもしれない。跳んでみる。

観察した病の図柄が「調査する主体」の世界の表象に感染してしまう、このような漸進的でソフトな表象の感染について、かつてヘーゲルは、晦渋な言いまわしを駆使しながら巧妙に説明してくれた。『精神現象学』のなかの、啓蒙と迷信との戦いについて論じた一節である。ヘーゲルは「純粋な洞察」としての啓蒙が迷信にたいしてとる関係を、肯定的な関係と否定的な関係に分ける。次の引用文は両者の肯定的な関係について述べられた部分である。迷信にとらわれていた意識に、「純粋な洞察」が抵抗なく受け入れられるということが、感染にたとえられている。

従って純粋な洞察を〔無邪気な意識に〕伝達するということは静かな拡散であり、障壁のない環境の中を芳香が広がっていくようなものである。それは伝染病の伝染みたいなものである。その病気は無防備の環境に前もって知られることなく入り込んだために、防ぎようがないのである。その伝染〔純粋な洞察の伝達〕が広がった時初めて、それに何の疑いもなく身を任せていた〔無邪気な〕意識はそれを意識することになる。〔…〕従って、純粋な洞察が意識されるようになった時にはそれはもう拡散してしまっているのである。その洞察と戦うということ自体が、それが伝染してしまっていることの証拠である。その戦いはもう手遅れであって、どんな薬〔手段〕をもってしても〔防ぐことはできず、かえって〕その病気を悪化させるだけである。というのは、その病気は精神生活の骨髄まで食い込んでいるからであり、〔その洞察は〕意識の概念ないし意識の純粋な本質そのものにまで達しているからである。[67]

「啓蒙と迷信との戦い」と題されたこのパッセージの文脈から判断すれば、感染というイメージには違和感がある。常識的に考えれば、迷信にたいする「純粋な洞察の伝達」は啓蒙の普及なのだから、それを忌まわしい感染というイメージで比喩するのは、不適切である。したがって、感染というイメージはこの文脈では不可欠ではない。だがしかし、不可避である。なぜか。アルトハウスのヘーゲル伝によれば、ヘーゲルの母親は、彼が13才の時に赤痢で亡くなり、ヘーゲルも重い赤痢に苦しんだが生き延びた。[68]ヘーゲ

67 G.W.F.ヘーゲル（牧野紀之訳）『精神現象学 第二版』（未知谷、2018）第2版、739頁。なお、〔亀甲括弧〕のなかの語句は訳者である牧野紀之による補足である。

68 ホルスト・アルトハウス（山本尤訳）『ヘーゲル伝——哲学の英雄時代』（法政大学出版局、1999＜1992）22頁。胆汁熱を死因とする説もある。

ル自身が亡くなる6年前、1825年9月20日に妹に当てた手紙では、ヘーゲルは、母親の命日を思い出しながら、「僕はそれをずっと憶えています」、と書いている。[69] ヘーゲルの両親には6人の子供が生まれたが、成人するまで生き残ったのは、ヘーゲルとその弟と妹の3人だけだった。ヘーゲルが生まれた1770年代のヴュルテンベルク公国では、天然痘によって13人に1人の割合で子供が死んだらしい。[70] 天然痘の流行を抑制する方法、すなわちワクチンをエドワード・ジェンナーが考案したのは、1796年のことだった。1821年に刊行された『法の哲学』の補遺には、市民社会は「両親を強制して彼らの子供を学校に通わせ、彼らの子供に種痘を受けさせるなどする権利をもっている」[71]、と書かれている。ヘーゲルの墓は、ベルリン大学におけるヘーゲルの前任者だったフィヒテの墓の隣に立っている。フィヒテ夫妻はチフスに感染して亡くなった。ことほどさように、ヘーゲルの人生は感染症の黒雲でおおわれていたといっても過言ではない。

この感染症の黒雲の下に、『精神現象学』のあのページをひろげて再読してみる。『精神現象学』が刊行されたのは1807年である。「どんな薬を使っても病は悪化するばかりだ」、と書かれているのだから、ヘーゲルが『精神現象学』の構想を錬っていたイエーナには、天然痘を予防するワクチンはまだ行き渡っていなかったのかもしれない。

上記の引用文では、病に襲われたのが、「精神生活の骨髄」であり、「意識の概念ない

69 Briefe von und an Hegel. Herausgegeben von Johannes Hoffmeister. Hamburg: Felix Meiner, 1954. Bd. III. S.96.

70 Terry Pinkard: Hegel. A Biography. Cambridge University Press, 2000. P.3.

71 ヘーゲル（上妻精、佐藤康邦、山田忠彰訳）『法の哲学』（岩波書店、2001＜1821）下巻、411頁。

し意識の純粋な本質そのもの」、となっていることを見落とさないようにしよう。啓蒙は迷信のなかに、じょじょに、静かに、そうと知られぬままに浸透する。しかも「芳香」として。フーコーによるあの「知識」と「知」の区別を援用すると、ヘーゲルのテクストの見通しが少しはよくなるかもしれない。啓蒙が教える個々の「知識」が、それまで信じられていた個々の迷信的な「知識」を駆逐して、それらにとってかわるのではない。「純粋な洞察の伝達」が進行していることにふと気づいた迷信は、啓蒙の個別的な「知識」を対象化し、それらと戦い、それらを駆逐しようとするだろう。しかし、それらを対象化すること自体が、啓蒙の「知」に感染するということなのだ。啓蒙の「知」が、迷信の黒雲をきれいに追い払うのか、啓蒙の「知」が「啓蒙の弁証法」という新たな黒雲として、20世紀の思想家たちの頭上をおおうのか、19世紀の初頭にはまだわからなかった。だが、いずれにしても、啓蒙は迷信の表面をなで、そこで戦うのではなく、迷信の核心部にしらずしらずのうちに浸潤したことは確実だ。

臨界？

2020年、ヘーゲルはベートーヴェンとともに生誕250周年を盛大に祝ってもらえるはずだった。だが二人とも、新型コロナウイルスのために、喝采をあびることは

72　ジャック・ドント（飯塚勝久訳）『ヘーゲル伝』（未来社、2001＜1998）14頁。

73　パリに亡命していたハインリヒ・ハイネは、オルレアンと

できなかった。ヘーゲルは1831年、当時ベルリンで猛威をふるっていた感染症に倒れた。コレラである。ヘーゲルは当初、コレラ禍を逃れて田舎に移り住んでいたのだが、冬学期の講義を再開するためにベルリンに戻ってきた。ドントのヘーゲル伝によれば、ヘーゲルの死後もコレラは多くの犠牲者を出した。ベルリンから脱出しないという勇気を持ちあわせていた人々も、「外出や、友人と会うのを差し控えていた」[72]。五感を使ったコミュニケーションに代わることができるインターネットによるコミュニケーションの普及までには、そこから一世紀半あまりの時間が必要だった。ソーシャル・ディスタンスだけが唯一の予防策だったのだ。赤痢にせよ、天然痘にせよ、チフスにせよ、コレラにせよ、18世紀から19世紀への転換期に生きたヘーゲルは、肉眼では見ることができないミクロな存在がつながって生成する感染のネットワークに脅かされ、それによって死んだ。ただ、それらが輸送テクノロジーや通信テクノロジーとつながり、それによって世界中の人々が驚異的な速度でつながり、ついにはそれが別の次元に感染するまでには、まだまだ時間は残されていたはずだった。

だがしかし、『精神現象学』が出版された1807年には、ロバート・フルトンが考案した世界最初の実用的蒸気船「クラーモント号」がニューヨークからオールバニまでハドソン川をさかのぼった。ヘーゲルがコレラに倒れる前年1830年にはすでに、蒸気機関車がリバプールとマンチェスター間をつなぎ、イギリスをかわきりに鉄道網の拡

ルーアンに鉄道が開通したことに欣喜雀躍するパリ市民の姿を、1843年に報告している。ハイネによれば、鉄道の発明はアメリカ大陸の発見、火薬と印刷術の発明と肩を並べる人類史上の大きな転機である。ハイネ自身によるヴィヴィッドな言葉を引用しよう。「われわれの物の見方や表象の仕方に、いまやどれだけの変化が生じてくることだろう。時と空間という根源的観念すら揺らぎはじめた。空間は鉄道によって殺され、われわれには時間だけが残されている。時間までも行儀よく殺せるに足る金があればよいのだが」。ハインリヒ・ハイネ（木庭宏、宮野悦義、小林宣之訳）『ルテーチア――フランスの政治、芸術および国民生活についての報告』（松籟社、1999＜1854）282−283頁。そののち半世紀もすると、飛行機が発明され、時間の殺害がいよいよ本格的に始動することになる。

張が始まっていた。[73] 19世紀の後半には地下鉄も発明され、地表だけではなく地下でもネットワークが緊密になった。19世紀から20世紀の転換期にはマルコーニの発明によって、ドーバー海峡をはさむ二地点が、さらには大西洋を隔てた二地点が無線通信でつながることになる。[74] 19世紀以降、ミクロなレベルであれ、マクロなレベルのインフラであれ、つながりには加速度がつく。さらに、これらのネットワークとネットワークは、たとえ誰もそれを望まないつながりであっても、じょじょにつながるようになる。それはインフラとインフラのつながりに限られない。航空網の拡充によって、パンデミックの発生の可能性が高まったことは、つとに指摘されている。[75] １９９０年以降急速に広がったグローバリゼーションに呼応して、輸送や通信のテクノロジーが質、量ともに拡大した。ネグリとハートが診断したように、「グローバリゼーションの時代とは、世界的な感染の時代なのである」。輸送にせよ通信にせよ、つながるためのこれらのテクノロジーの急激な発展、感染症の爆発的な増加、１９８０年代に始まる表象における数々のつながり現象は、ほぼ同時発生している。つながりのつながりがいわば累乗化し、それが臨界値に達した瞬間に、観察主体への垂直感染が起こったのは、はたして偶然だろうか。

74　苗床が共有されていれば、ドーキンスとドゥルーズが提起した思想のように、プリンスとフェルナンデスが尖らせたイメージのように、表象の種は、物理的なインフラの助けを借りることなく、ほぼ同時期に発芽してしまう。

75　ホニグスバウムによれば、「今日、ジェット機による国際路線の旅によって、新種のウイルスは地球上のどの国や大陸にでも72時間あれば行ける」。マーク・ホニグスバウム（鍛原多惠子訳）『パンデミックの世紀――感染症はいかに「人類の脅威」になったのか』（2021〈2019〉）４８８頁。

2022年：あとがき

本書の執筆を思いたったのは2020年の初頭のことでした。その直後に、武漢で「新型肺炎」が発生したとのニュースを知ることになりました。周知のように、この2020年はまた、当時アメリカ合衆国大統領だったドナルド・トランプにとって、大統領としての2期目をかけた大統領選挙の年でもありました。トランプは大統領に就任したのち、約2000回「フェイクニュース」という言葉を使ったといわれています。もちろん、自分の発言ではなく、自分に関して流された情報にたいしてです。しかし、「フェイクニュース」と罵るトランプの唾が、そのまま彼の顔面に降り注ぐことになったのは、衆目の一致するところです。トランプが自らフェイクニュースで人心をつかむことができたことをもっとも適切に特徴づける言葉が、「ポストトゥルース」です。これは、感情に訴えかけるトランプ流の演説のほうが、客観的な事実よりも世論を動かしてしまうような時代を指し示す名称でした。「ポストトゥルース」をめぐる議論は、政治的な領域にとどまることなく、その淵源として思想一般の領域へと指示範囲を広げていきました。リー・マッキンタイア『ポストトゥルース』の邦訳（人文書院）が出版されたのは、やはり2020年9月のことでした。「ポストトゥルース」という言葉が、「真実という概念を重視し、それが攻撃されていると感じている者たちの懸念を表現している」(同書、22頁)、とマッキンタイアは指摘します。原著の出版は2018年のことでしたから、彼はまだ新型コロナウイルスのことは知るよしもありませんでした。

新型コロナウイルスをめぐっても、「ポストトゥルース」は猛威をふるっているように思われます。新型コロナウイルスの発生原因については、巷間に諸説が飛びかっており、いまだ決定的な「真実」は明らかになっていません。どれも陰謀説というフォーマットに流し込まれています。ワクチンに関しても、マクロなレベルで今ここでの共同体の秩序維持を目的とする公衆衛生の多くの専門家と、ミクロなレベルで中長期的な視点から個人の身体のありうべき変調を不安視する分子生物学の少数の専門家とでは、見解が異なっていることもあり、「真実」を確定することは困難なようにも思われます。この間隙にも陰謀説が入り込みます。感染と陰謀説とはとても親和性が高いようです。14世紀にペストが発生したさいにも、その原因をめぐってユダヤ人による陰謀という説が流布しました。しかし、感染は陰謀の言説だけを編みあげたのではありません。ペストが流行するさいちゅうに書かれた『デカメロン』では、惨状を逃れてきた男女がさまざまな方向に話を紡ぐさまが描かれています。『デカメロン』で繰りひろげられる話たちは、語られるために語るという単純な、しかし生産的な原則によって増殖しました。それにたいして、陰謀は、ワンパターンの話を反復するだけです。陰謀のプログラムは、欲望の因果関係というナラティブから外れることはなく、かつ原因となる陰謀主体が、単数であれ複数であれ人間であり、その点で単純で非生産的です。原因とされる陰謀主体が人間ではなく、神や悪魔だとしても、その姿は擬人的に描かれます。では、人間を陰謀主体とせず、欲望の因果関係というナラティブからも解放された陰謀はあるのか。そう問いたくなりました。少し脇道にそれます。

2020年の4月から、私が勤務する大学では、授業はもっぱらオンラインになりました。実は数年前から、オンデマンドで視聴することができる講義の動画を作成することが推奨されていました。また、2020年度からはeラーニング用の新しい学習管理システムが導入されることも決まっていました。私を含め多くの教員はそれほど乗り気ではなかったのですが、新型コロナウイルスが蔓延したことがきっかけとなって、あっというまにオンライン授業が実現してしまいました。これは局所的な現象ではありませんでした。東京オリンピックの開催可能性がつゆほども疑われていなかった2019年、翌年のオリンピック開催時の道路の混雑を避ける目的でテレワークが推奨され、実験も行われました。ただ、そのキャンペーンはそれほど盛り上がらなかったようです。今ではテレワークは日常の光景となり、それを望む声はますます大きくなっています。大学であれ都庁であれ、人間が推進しようとしてもうまくいかなかったことが、新型コロナウイルスの「せい」／「おかげ」で、やすやすと可能になってしまいました。

Web会議システムを使った授業にも慣れてきた頃、あのジェームズ・ラヴロックの新作をたまたま目にしました。『ノヴァセン ―〈超知能〉が地球を更新する』（NHK出版）という本です。ラヴロックは、「有機的生命体によって統治された惑星」が「電子的生命体によって統治された惑星」（同書、24頁）へと進化する、と地球の未来を予測しています。ラヴロックの原著が刊行されたのは2019年7月のことでしたから、彼は新型コロナウイルスの蔓延とテレワークの浸透を知らなかったはずです。ラヴロックの予測を補助線にすると、人間を陰謀主体とせず、欲望の因果関係というナラティブからも解放された陰謀はあるのか、という問いにたいして、それなりの答えを出すことができそうですが、凡庸なSFになってしまいそうなので寸止めしました。これが、本書の舞台裏で口をふさがれていたエピソードです。

退職まであと数年というところで、アリバイとして研究書でも書こうかな、と思いついてしまいました。魔が差したのです。無理でした。研究書は書けませんでした。そこで、いさぎよくアリバイ作りを断念しました。その結果、おそろしく気持が楽になり、学問的な禁欲を自分に課すことなく、「自己への配慮」だけをおろそかにしないようにして書くことができました。とくに、「影響」という思考のパターンを無視することができたことが、至福感をもたらしてくれました。本書が対象にしている20世紀から21世紀への転換期であるほぼ40年間は、私が職業生活をおくってきた時期と重なるので、その意味でも、本書は研究書ではなく自分史に近いかもしれません。ひとことでいえば、当初はまっとうなアリのように歩行しながら、じょじょに、妄想するアリとして地から足が離れていきました。

編集を担当してくださった松永さんは、持ち込み原稿であったにもかかわらず、とても誠実に対応してくださり、細かい点まで目を配ってくださいました。心より感謝いたします。論創社をご紹介してくださった塚原史先生には、言葉につくせない感謝の気持ちでいっぱいです。「論創」という出版社名は、実在するテクストたちをこのような文体で語る原動力の一つになってくれました。つながりのつながりのつながりを紡ぐという私の仕事に、ことさら関心を示さず、しかし黙って心をつなぎつづけてくれた配偶者に対しては、いっさいの言葉が背後にしりぞいていくなかで、ひとつだけポツンと言葉が残りました。ありがとう。

【図の出典】

図1　岩明均『寄生獣』第10巻（講談社、1995）

図2　モーリッツ・シュレーバー『カリペディー、あるいは美への教育』より；wikimedia commons. https://commons.wikimedia.org/wiki/Category:Moritz_Schreber?uselang=de#/media/File:Kinnband_(Schreber).png

図3　『GHOST IN THE SHELL / 攻殻機動隊』Blu-rayのパッケージ

図4　佐藤友生・山口ミコト『トモダチゲーム』第1巻（講談社、2015）

図5　渡辺静・オクショウ『リアルアカウント』第1巻（講談社、2015）

図6　五十嵐大介『はなしっぱなし　新装版』上巻（河出書房新社、2014）

図7　漆原友紀『蟲師』第1巻（講談社、2006）

図8　石川雅之『もやしもん』第3巻（講談社、2006）

図9　花沢健吾『アイアムアヒーロー』第16巻（小学館、2014）

図10　トマス・ホッブス『リヴァイアサン』表紙；wikimedia commons. https://commons.wikimedia.org/wiki/Category:Leviathan_(Thomas_Hobbes)#/media/File:Leviathan_by_Thomas_Hobbes.jpg

神尾達之（かみお・たつゆき）
1954 年東京生まれ
https://sites.google.com/view/tkamio

つながりのつながりのつながり

2022 年 8 月 10 日　初版第 1 刷印刷
2022 年 8 月 20 日　初版第 1 刷発行

著　者　神尾達之
発行者　森下紀夫
発行所　論 創 社
東京都千代田区神田神保町 2-23　北井ビル
tel. 03（3264）5254　fax. 03（3264）5232
web. https://www.ronso.co.jp/
振替口座　00160-1-155266

装幀／奥定泰之
組版／加藤靖司
印刷・製本／中央精版印刷
ISBN978-4-8460-2184-9